みらいおにぎり

桧《ひ》山《やま》タミ

文藝春秋

はじめに

大正《たいしょう》の最後《さいご》の年《とし》（１９２６年《ねん》）に生《う》まれて、元号《げんごう》が令和《れいわ》に変《か》わり、わたしは93歳《さい》になりました。まわりの方々《かたがた》から「料理研究家《りょうりけんきゅうか》」なんて言《い》われていますが、わたしはただの「台所好《だいどころず》きの食《く》いしんぼう」っていうのがぴったりだと思《おも》っています。

小《ちい》さい頃《ころ》からおいしいものが大好《だいす》きで、そのうえ、見《み》たがりやの知《し》りたがりや。それで料理《りょうり》が生業《なりわい》になり、もう60年《ねん》近《ちか》くこの仕事《しごと》を続《つづ》けています。いまは料理《りょうり》を教《おし》えつつ、訪《おとず》れてくださる方々《かたがた》と楽《たの》しいひとときを過《す》ごしながら、ここ福岡《ふくおか》でひとりのんびり暮《く》らしています。

２０１９年《ねん》の春《はる》、母校《ぼこう》の小学校《しょうがっこう》（当時《とうじ》は大名小学校《だいみょうしょうがっこう》といいましたが、現在《げんざい》は合併《がっぺい》して福岡市立舞鶴小学校《ふくおかしりつまいづるしょうがっこう》になっています）からお誘《さそ》いがあって、小学《しょうがく》4年生《ねんせい》の教室《きょうしつ》にお邪魔《じゃま》して「授業《じゅぎょう》」をすることになりました。授業《じゅぎょう》なんて言《い》うと堅苦《かたくる》しいですね。生徒《せいと》さんから質問《しつもん》をもらって、仕事《しごと》について、将来《しょうらい》の夢《ゆめ》について、食《しょく》についてなど、わたしが経験《けいけん》したことや感《かん》じていることをおしゃべりする、というものです。わたしは昔《むかし》から人《ひと》前《まえ》に立《た》つのが大《だい》の苦手《にがて》で、教壇《きょうだん》でみんなから注目《ちゅうもく》を浴《あ》びて最初《さいしょ》は穴《あな》があったら入《はい》りたい

舞鶴小学校《まいづるしょうがっこう》４年生《ねんせい》のももちゃんと琥鉄《こてつ》くんと教室《きょうしつ》で記念撮影《きねんさつえい》。将来《しょうらい》、料理人《りょうりにん》になりたいももちゃんと由仁《ゆめ》くんが手紙《てがみ》をくれて、授業《じゅぎょう》を行《おこな》うことになった。

ほど恥《は》ずかしかったのですが、子《こ》どもたちからの好奇心《こうきしん》いっぱいの質問《しつもん》のおかげでどんどんお話《はな》しするのが楽《たの》しくなり、授業《じゅぎょう》が終《お》わるころにはまだまだお話《はな》ししたいことが溢《あふ》れてきたのです。そこで、わたしはそのお話《はなし》の続《つづ》きを、この本《ほん》『みらいおにぎり』にまとめることにしました。

いろんなことが起《お》こる時代《じだい》だから、大人《おとな》になることに、なんとなく不安《ふあん》を感《かん》じている人《ひと》も多《おお》いでしょう。でもそんなに心配《しんぱい》する必要《ひつよう》はありませんよ。こんなにのん気《き》なわたしだって多《おお》くの方々《かたがた》に支《ささ》えていただきながら、どんなときでも自分《じぶん》らしく幸《しあわ》せな人生《じんせい》を歩《あゆ》んでこられたのですから。自分《じぶん》の未来《みらい》は料理《りょうり》と同《おな》じ。わからないことを少《すこ》しずつ知《し》りながら、自分《じぶん》らしい「味《あじ》」をつくっていけばいいと思《おも》うのです。

本《ほん》の終《お》わりには、子《こ》どもたちと楽《たの》しくつくったおいしいおにぎりのにぎり方《かた》ものせました。おにぎりがみんなのお腹《なか》を満《み》たすように、手《て》のぬくもりやにぎった人《ひと》の思《おも》いが、大切《たいせつ》な誰《だれ》かの心《こころ》も温《あたた》かく満《み》たしていくといいなと願《ねが》いながら。

本書《ほんしょ》が、未来《みらい》を夢見《ゆめみ》る子《こ》どもたちと、子《こ》どもたちを見守《みまも》る方々《かたがた》のお役《やく》に立《た》てるならとてもうれしいです。

桧山《ひやま》タミ

（写真上《しゃしんうえ》）授業《じゅぎょう》が終《お》わった後《あと》の懇親会《こんしんかい》で、子《こ》どもたちとおしゃべりするタミ先生《せんせい》。みんないい笑顔《えがお》。（写真下《しゃしんした》）授業中《じゅぎょうちゅう》、タミ先生《せんせい》の話《はなし》のメモをとる。「お店《みせ》に行《い》くより家《いえ》のご飯《はん》をおいしく」「得意料理《とくいりょうり》はおにぎり」……。

タミ先生《せんせい》のアルバム

（写真右《しゃしんみぎ》）まだ1歳《さい》くらいのかわいらしいタミ先生《せんせい》。（写真下《しゃしんした》）家族写真《かぞくしゃしん》。真《ま》ん中《なか》がタミ先生《せんせい》、右《みぎ》からお母《かあ》さん、2人《ふたり》のお姉《ねえ》さん、お兄《にい》さん。

（写真上《しゃしんうえ》）小《ちい》さいめいっこを抱《だ》くタミ先生《せんせい》。
（写真右《しゃしんみぎ》）10代《だい》のころの写真《しゃしん》だが、とても大人《おとな》っぽい印象《いんしょう》。

(写真右《しゃしんみぎ》)はじめての端午《たんご》の節句《せっく》に双子《ふたご》の息《むす》子《こ》を抱《だ》っこして鯉《こい》のぼりとパチリ。(写真下《しゃしんした》)料理研究家《りょうりけんきゅうか》としてテレビの料理番組《りょうりばんぐみ》にもよく出演《しゅつえん》していた。

(写真下《しゃしんした》)「桧山《ひやま》タミ料理学院《りょうりがくいん》」と書《か》かれた大《おお》きい看板《かんばん》の前《まえ》で、たくさんの生徒《せいと》さんと記念撮影《きねんさつえい》。

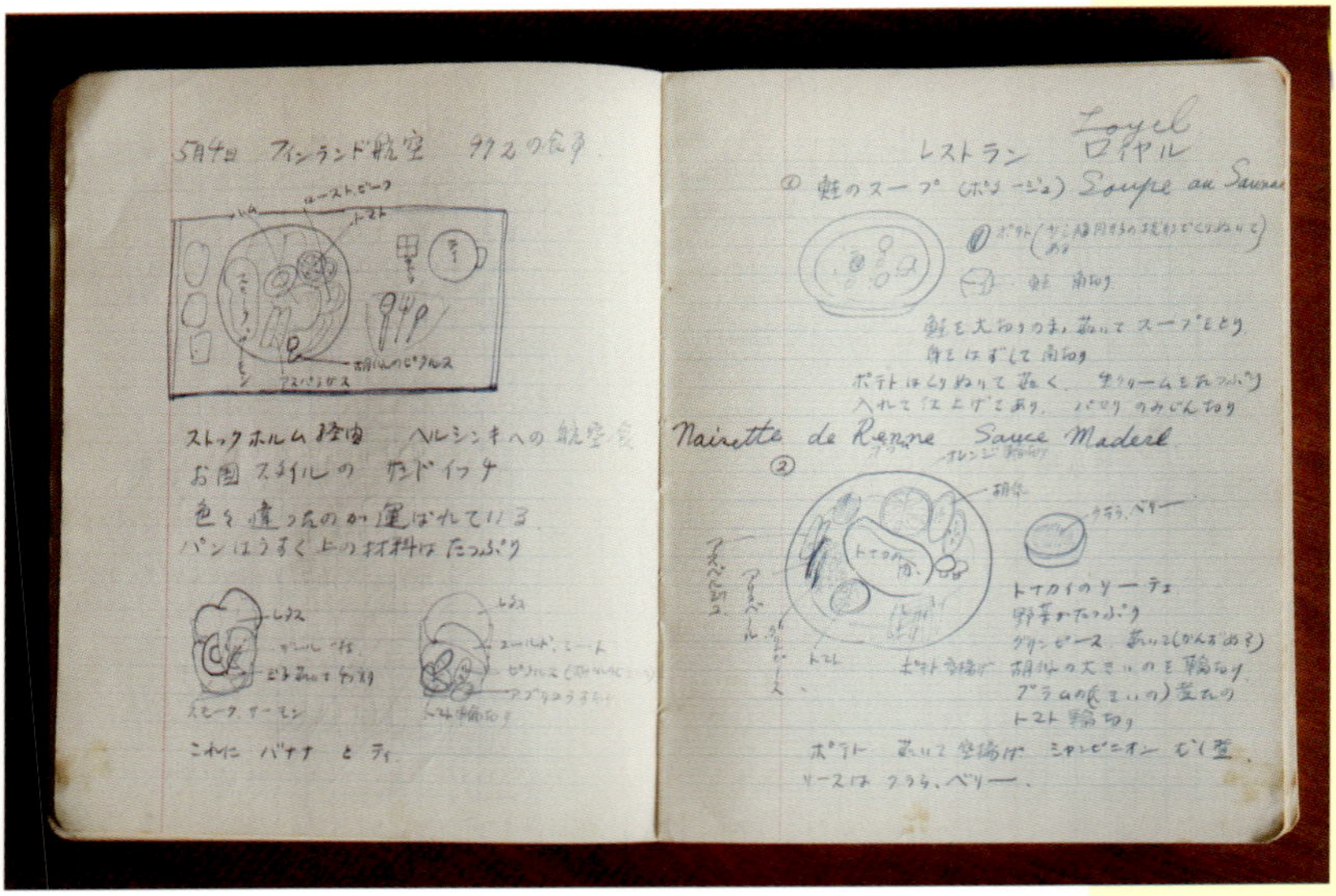

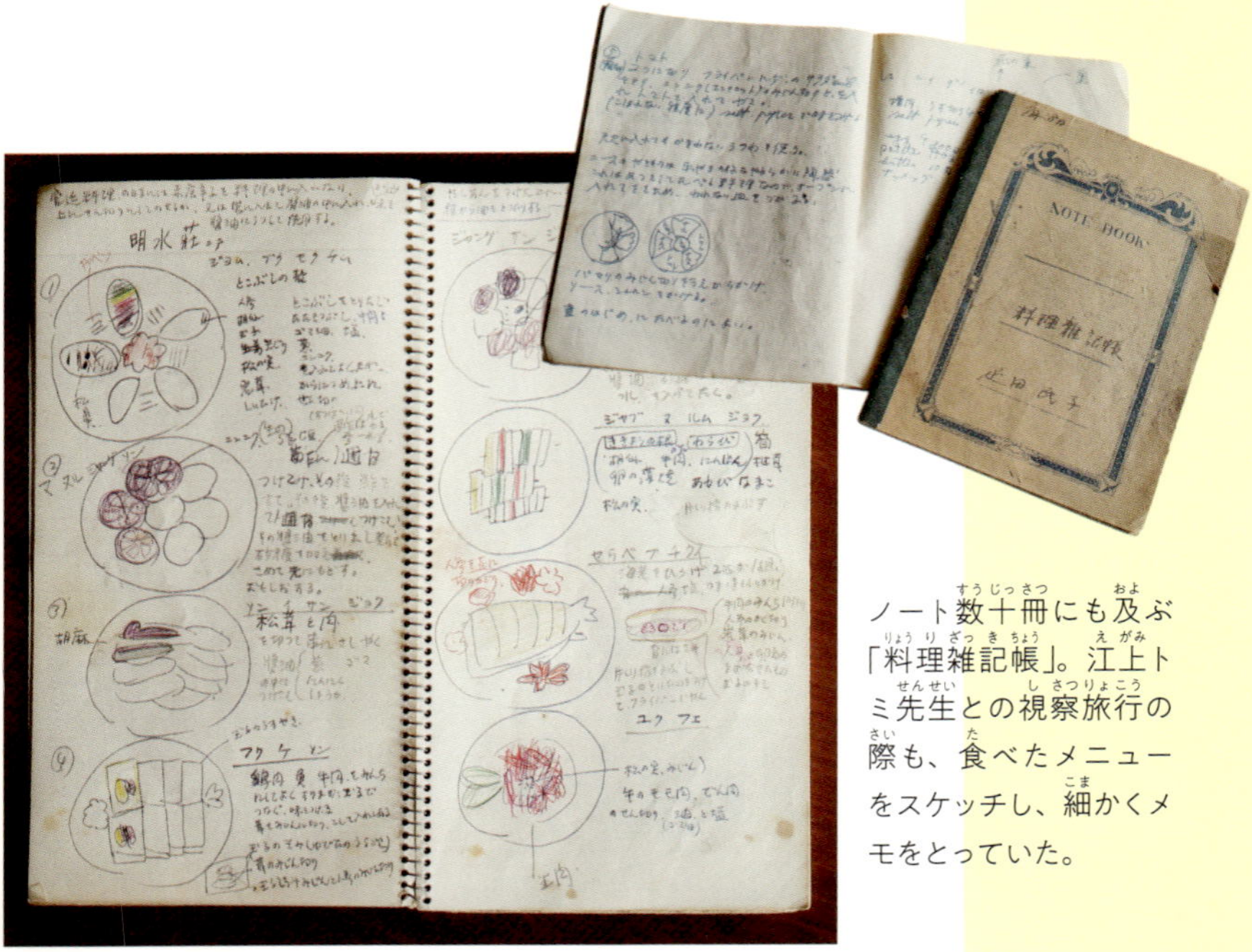

ノート数十冊《すうじっさつ》にも及《およ》ぶ「料理雑記帳《りょうりざっきちょう》」。江上《えがみ》トミ先生《せんせい》との視察旅行《しさつりょこう》の際《さい》も、食《た》べたメニューをスケッチし、細《こま》かくメモをとっていた。

もくじ

はじめに　2

タミ先生《せんせい》のアルバム　6

第《だい》1章《しょう》　わたしの子《こ》どものころ

11人《にん》きょうだいの10番目《ばんめ》　16

道草《みちくさ》で忙《いそが》しい1年生《ねんせい》　20

ゴムの木《き》には輪《わ》ゴムがなる　22

お母《かあ》さんと台所《だいどころ》　25

わたしのご近所《きんじょ》さん　29

ほんとうにえらい人《ひと》って？　33

大人《おとな》ってずるいわ　37

ブランコは授業中《じゅぎょうちゅう》に乗《の》る　40

小川先生《おがわせんせい》の屋外授業《おくがいじゅぎょう》　45

1年間《ねんかん》のおやすみ　48
絵描《えか》きになりたい　51
5歳《さい》ではじめての失敗《しっぱい》　54

第《だい》2章《しょう》　食《く》いしんぼう、先生《せんせい》になる

江上《えがみ》トミ先生《せんせい》との出会《であ》い　60
結婚《けっこん》と出産《しゅっさん》、別《わか》れ　65
よし、料理《りょうり》を仕事《しごと》にしよう　68
全財産《ぜんざいさん》かけてヨーロッパへ　71
地元《じもと》のものを食《た》べたい　76
続《つづ》けた先《さき》にみえたもの　79
どんどん捨《す》てると困《こま》ります　84
分量《ぶんりょう》のわからないレシピ　88

第《だい》3章《しょう》　歳《とし》をとるって楽《たの》しい

大人《おとな》って楽《たの》しい　92
笑《わら》って過《す》ごす人生《じんせい》がいい　95
言葉《ことば》はごちそう　98
クヨクヨするなら寝《ね》たほうがマシ　102
わたしも自然《しぜん》の一部《いちぶ》です　105
心《こころ》もからだもいつも元気《げんき》に　109

第《だい》4章《しょう》　「教《おし》えてタミ先生《せんせい》!」～タミ先生《せんせい》の授業《じゅぎょう》～

どうしたら料理人《りょうりにん》になれる?　116
いつまで料理《りょうり》の仕事《しごと》をするの?　120
電子《でんし》レンジがなくて不便《ふべん》じゃないの?　123
先生《せんせい》は何歳《なんさい》まで生《い》きたい?　126

また海外《かいがい》に行《い》きたくない？　131
幸《しあわ》せになるにはどうしたらいい？　134
明日《あす》で世界《せかい》が終《お》わるなら何《なに》をする？　136
今《いま》までで一番《いちばん》おいしかったごはんは？　140
おにぎりの具《ぐ》は何《なに》が好《す》き？　146

おいしいおにぎりのつくり方《かた》

土鍋《どなべ》ごはんの炊《た》き方《かた》　154
おにぎりのつくり方《かた》　156

第《だい》1章《しょう》　わたしの子《こ》どものころ

11人《にん》きょうだいの10番目《ばんめ》

大正《たいしょう》15（1926）年《ねん》の1月《がつ》7日《か》、わたしは町医者《まちいしゃ》の10番目《ばんめ》の子《こ》どもとして生《う》まれました。兄《あに》が5人《にん》、姉《あね》が4人《にん》、のちに妹《いもうと》が生《う》まれ11人《にん》きょうだいになりましたが、小《ちい》さいころはなんだか知《し》らない人《ひと》がいっぱい家《いえ》に住《す》んでいるなと思《おも》っていたのです。歳《とし》のはなれた兄《あに》やその奥《おく》さん、その子《こ》どもたち（おいっこやめいっこ）まで勢《せい》ぞろいで、全部《ぜんぶ》で20人《にん》くらいの大家族《だいかぞく》でした。

きょうだいが多《おお》いのはとてもよかったと思《おも》っています。活発《かっぱつ》な兄《あに》たちは父《ちち》や母《はは》からよく怒《おこ》られていましたので、それを見《み》て「こんなことしたら怒《おこ》られるんだな」ってわかったし、子《こ》どもが多《おお》いから両親《りょうしん》がひとりひとりをかまう暇《ひま》がない分《ぶん》、自由気《じゆうき》ままです。

小《ちい》さいころは、兄《あに》だけでなく兄《あに》の友達《ともだち》までわたしのめんどうをみてくれました。大《おお》きくなってから偶然出会《ぐうぜんであ》った人《ひと》に「タミさん、わたしはあんたのおもりをしとったばい」なんて言《い》われたこともあります。

そういえば、兄《あに》や兄《あに》の同級生《どうきゅうせい》からしゃれた喫茶店《きっさてん》によく連《つ》れて行《い》ってもらいました。兄《あに》たちは「タミを遊《あそ》びに連《つ》れて行《い》くよ」と母《はは》たちに言《い》いわけして、わたしを連《つ》れて出《で》かけるわけです。ほんとうは小《ちい》さな妹《いもうと》のめんどうをみることをいい口実《こうじつ》にして、勉強《べんきょう》せずに外《そと》で遊《あそ》びたかっただけなんじゃないかとうたがっています。

家《いえ》には「ねえやん」と呼《よ》んでいた住《す》みこみのお手伝《てつだ》いさんが3～4人《にん》ほどいました。わたしのお母《かあ》さんは大家族《だいかぞく》の家事《かじ》だけでなく、ご近所《きんじょ》の集《あつ》まりのお世《せ》話《わ》や来客《らいきゃく》に追《お》われてとっても忙《いそが》しかったので、わたしはそのねえやんたちの部《へ》屋《や》に遊《あそ》びに行《い》っては、縫物《ぬいもの》を教《おし》えてもらったり、お人形遊《にんぎょうあそ》びの相手《あいて》をしてもらったり、よくめんどうをみてもらいました（わたしのシワシワになった洋服《ようふく》の寝《ね》おしは、必《かなら》ずねえやんがしてくれたものです）。

そんなわけで、わが家《や》は常《つね》に大所帯《おおじょたい》。ですから、自然《しぜん》と年上《としうえ》の言《い》うことを聞《き》くこと、小《ちい》さい子《こ》のめんどうをみること、家族《かぞく》の決《き》まりを守《まも》ることが身《み》についたのだと思《おも》います。こうやったら家族《かぞく》が喜《よろこ》ぶ、こうしたら叱《しか》られる、どうすればみんなと仲良《なかよ》くできるかなど、大人数《おおにんずう》の中《なか》で多《おお》くのことを知《し》りました。

今《いま》はひとりっ子《こ》も多《おお》いし、家族《かぞく》の人数《にんずう》が少《すく》ないでしょう。だから、家族《かぞく》だけでなく、近所《きんじょ》の人《ひと》や友達《ともだち》が集《あつ》まる機会《きかい》もたくさんあるほうがいいですよね。

ひとりでたくさん
食《た》べるより、
ほんの少《すこ》しでも
みんなで食《た》べたら
おいしい

道草《みちくさ》で忙《いそが》しい1年生《ねんせい》

わたしが通《かよ》っていた大名小学校《だいみょうしょうがっこう》は福岡《ふくおか》の街《まち》の中心部《ちゅうしんぶ》にありました。わたしの家《いえ》のある西中洲《にしなかす》まで、まっすぐ帰《かえ》れば20分《ぷん》ほど。ですが、わたしは道草《みちくさ》が大好《だいす》きで、毎日《まいにち》2時間以上《じかんいじょう》かけて家《いえ》に帰《かえ》っていました。街《まち》をあちこち見《み》てまわるのに忙《いそが》しかったんです。

よく寄《よ》り道《みち》したのは、天神《てんじん》の市場《いちば》です。この市場《いちば》には、こんにゃく屋《や》さん、とうふ屋《や》さん、みそ屋《や》さん、ゲタ屋《や》さんなど、それはそれは楽《たの》しいお店《みせ》がたくさんありました。今日《きょう》はどこを見《み》て帰《かえ》ろうかなあと毎日《まいにち》ワクワクしたものです。

とうふ屋《や》さんの店先《みせさき》にはお風呂《ふろ》のような入《い》れ物《もの》に水《みず》が張《は》ってあって、できたての真《ま》っ白《しろ》いとうふがプカプカ泳《およ》いでいます。かまぼこ屋《や》さんは生《なま》の魚《さかな》をすり身《み》にしたものを固《かた》めて蒸《む》して、かまぼこをつくっています。おまんじゅう屋《や》さんでは小麦粉《こむぎこ》を練《ね》った皮《かわ》を手《て》のひらに広《ひろ》げて、中《なか》にあんこを包《つつ》みます。おじさんたちが上手《じょうず》に丸《まる》いおまんじゅうをつくっている様子《ようす》を見《み》るのは楽《たの》しくて仕方《しかた》ありません。それに、かまぼこ屋《や》さんでは、猫《ねこ》がトロ箱《ばこ》に入《はい》った新鮮《しんせん》な魚《さかな》をねらっているから、わたしが見張《みは》っておかなきゃいけない。まあ、お店《みせ》の人《ひと》に頼《たの》まれたわけじゃないんですけれど。

とにかく学校帰《がっこうがえ》りは見《み》ることやることが多《おお》くて大忙《おおいそが》し。毎日時間《まいにちじかん》を忘《わす》れて市場《いちば》にいました。わたしが店先《みせさき》にいつまでも座《すわ》っているものだから、「お嬢《じょう》さん、そろそろ帰《かえ》らんと、もう5時《じ》よ」といつもお店《みせ》の人《ひと》に帰《かえ》されました。

大人《おとな》になって料理《りょうり》を始《はじ》めてから、この道草《みちくさ》はとても役《やく》に立《た》ちました。毎日観察《まいにちかんさつ》していた野菜《やさい》や魚《さかな》など、食材《しょくざい》のことは意外《いがい》とくわしかったし、おまんじゅうを包《つつ》んだときは「タミさん上手《じょうず》ねえ」とほめられたものです。

ゴムの木《き》には輪《わ》ゴムがなる

寄《よ》り道《みち》が大好《だいす》きなわたしは、学校《がっこう》の帰《かえ》り道《みち》もなるべくちがう道《みち》を通《とお》って家《いえ》に帰《かえ》ります。いつも、何《なに》か面白《おもしろ》いものはないかとキョロキョロしながら歩《ある》くのです。

ある日《ひ》、いつもより遠《とお》まわりをしていて、たくさんの木《き》が植《う》えてある大《おお》きなお屋敷《やしき》を見《み》つけました。お屋敷《やしき》の庭《にわ》をのぞきこんでいると、クラスメイトの男《おとこ》の子《こ》にばったり出《で》くわしたのです。それは清《きよし》くんという、クラスで一番頭《いちばんあたま》がよく、運動《うんどう》もよくできる子《こ》で、お屋敷《やしき》は清《きよし》くんのお家《うち》だったのでした。

「うちにはすごい木《き》があるったい」

ついて行《い》って庭《にわ》に入《はい》ると、初《はじ》めて見《み》るかっこいい木《き》が植《う》えてありました。

「タミちゃん、これは『ゴムの木《き》』といってね。育《そだ》てると輪《わ》ゴムができると」

わたしはその木《き》をしげしげと見《み》ました。

「木《き》の先《さき》から輪《わ》ゴムが出《で》てくると？」

「うん。輪《わ》ゴムがニョキッと生《は》えてくるったい」

それから、わたしは来《く》る日《ひ》も来《く》る日《ひ》もその木《き》を見《み》に行《い》って、庭《にわ》をのぞきこんでは輪《わ》ゴムがなるのを楽《たの》しみに待《ま》つようになりました。輪《わ》ゴムはどこからなるんだろう？　輪《わ》っかになって枝《えだ》から生《は》えてくるのかな？　興味《きょうみ》はつのるばかりです。

ところが、1ヶ月《げつ》経《た》っても2ヶ月《げつ》経《た》ってもいっこうに輪《わ》ゴムはなりません。

わたしは待《ま》ち遠《どお》しくてたまらなくなり、ついに清《きよし》くんにたずねてみました。

「なかなか輪《わ》ゴムがならんねぇ。いつなるのかなぁ？」

清《きよし》くんは当然《とうぜん》のように答《こた》えました。

「輪《わ》ゴムがなるとは2~3年《ねん》かかるらしいばい」
「なあんだ。そんなかかるとね」
わたしはすぐに納得《なっとく》して、清《きよし》くんはかしこいから何《なん》でも知《し》っているなあ、と感心《かんしん》しました。

帰宅《きたく》してから、そのことを兄《あに》に話《はな》すと「タミはだまされとったい。輪《わ》ゴムが木《き》からなるわけなかろうもん。ゴムの木《き》はゴムの原料《げんりょう》が取《と》れるだけたい」と言《い》われたのです。わたしはがっかりしました。

今考《いまかんが》えると、清《きよし》くんは少《すこ》しだけカッコつけて、知《し》ったかぶりをしたのだと思《おも》います。あのときは輪《わ》ゴムが生《は》えなくてがっかりしたけれど、90歳《さい》をすぎてもわたしはこの「輪《わ》ゴム事件《じけん》」を忘《わす》れていなくて、何度《なんど》も人《ひと》に話《はな》して、ずいぶん長《なが》い間楽《あいだたの》しませてもらいました。こういうのは、嘘《うそ》でもちょっぴり「いい嘘《うそ》」だなって思《おも》います。

お母《かあ》さんと台所《だいどころ》

昔《むかし》は今《いま》みたいに外食《がいしょく》するお店《みせ》が少《すく》なかったし、大家族《だいかぞく》だと外《そと》へ食《た》べに出《で》かけるということもなかなかできません。食《く》いしんぼうがいるとお金《かね》がたくさんかかりますからね。毎日《まいにち》の三度《さんど》のごはんは、お母《かあ》さんやねえやんが両手《りょうて》にかかえるほどの食材《しょくざい》を買《か》い出《だ》しに行《い》ってつくっていました。うちには父《ちち》や兄《あに》たちがちょくちょく友達《ともだち》を連《つ》れて来《き》ていたし、近所《きんじょ》の人《ひと》までごはんを食《た》べに来《き》ていましたので、毎日何十人分《まいにちなんじゅうにんぶん》もの食事《しょくじ》をつくるのはとてもたいへんだったでしょうね。

わたしの子《こ》どものころは台所《だいどころ》のことを「お勝手《かって》」といいました。お勝手《かって》の地面《じめん》は「土間《どま》」といい、土《つち》がむき出《だ》しになっています。だから、家《いえ》の中《なか》でもお勝《かっ》手《て》では草履《ぞうり》をはくのです。まだガスコンロはなくて、薪《まき》を燃《も》やして竈《かまど》でお米《こめ》を炊《た》き、魚《さかな》は七輪《しちりん》の炭《すみ》で焼《や》いていました。炊飯器《すいはんき》ができたのはずっと後《あと》のこと。もちろん冷蔵庫《れいぞうこ》もありません。食材《しょくざい》を冷《ひ》やすときは氷屋《こおりや》さんで大《おお》きな氷《こおり》を買《か》ってきます。このころの台所仕事《だいどころしごと》は、今《いま》よりずいぶんとやらなければならないことが多《おお》かったと思《おも》います。

当時《とうじ》はうちの医院《いいん》でも治療費《ちりょうひ》を払《はら》えない患者《かんじゃ》さんがたくさんいて、お金《かね》のかわりに野菜《やさい》や魚《さかな》などの食《た》べ物《もの》で払《はら》ってもらうことも多《おお》かったです。母《はは》は、魚《さかな》をバケツいっぱいいただくと、あっという間《ま》に塩《しお》をまぶして干《ほ》して、魚の一夜干《いちやぼ》しにします。店《みせ》で売《う》っている干物《ひもの》は高《たか》くつきますから、大家族《だいかぞく》にとっていただきものはありがたい。冷蔵庫《れいぞうこ》がないから、もらった野菜《やさい》もすぐにおかずやお漬《つけ》物《もの》にしていました。食材《しょくざい》は今《いま》よりずいぶん貴重《きちょう》で、皮《かわ》まで全部使《ぜんぶつか》っていましたね。野菜《やさい》の皮《かわ》は干《ほ》してきんぴらにしたり、お味噌汁《みそしる》に入《い》れたり。お日《ひ》さまの力《ちから》はすごくて、天日干《てんぴぼ》しにすると旨味《うまみ》が増《ま》すんですよ。

学校帰《がっこうがえ》り、家《いえ》に近《ちか》づくとわが家《や》の今晩《こんばん》のおかずがわかります。「今日《きょう》はイワ

わたしは今《いま》でも
お母《かあ》さんには
かなわない、
って思《おも》うの

シ煮《に》てる！」なんて、おいしいにおいがしてくるとついかけ足《あし》になりました。不思議《ふしぎ》とお母《かあ》さんのごはんのにおいとよその家《いえ》のにおいの区別《くべつ》がつくのが面白《おもしろ》い。今《いま》でも、お母《かあ》さんがつくった煮物《にもの》はかぎ分《わ》けられる自信《じしん》があります。

ある日《ひ》、友達《ともだち》が駄菓子屋《だがしや》さんでキャラメルを買《か》っているのがうらやましくて、「わたしもキャラメルが食《た》べたい」ってお母《かあ》さんにねだったんです。だけど、お母《かあ》さんは駄菓子屋《だがしや》さんに買《か》いには行《い》かず、お勝手《かって》に向《む》かいました。そこでお砂糖《さとう》を鍋《なべ》に入《い》れ、茶色《ちゃいろ》くなるまで煮詰《につ》めます。そして、それを冷《ひ》やして固《かた》めて、なんとキャラメルをつくってくれたのです。固《かた》めたあめをハサミでチョキンチョキンと四角《しかく》に切《き》り出《だ》したらできあがり。透明《とうめい》のセロファンを渡《わた》されて「これで包《つつ》んで、缶《かん》に入《い》れときなさい」ですって。わたしのお母《かあ》さんはまるで魔法《まほう》使《つか》いのように何《なん》でもつくり出《だ》す人《ひと》でした。

そんな何《なん》でもつくってしまうお母《かあ》さんはとってもかっこよかったけれど、ほんとうは、あのかわいいパッケージのキャラメルが食《た》べたかったんだけどな。

わたしのご近所《きんじょ》さん

ご近所《きんじょ》さんにもいろんな人《ひと》がいます。

朝《あさ》ごはんのとき、いつもどこからかやってくるおじさんがいました。「偶然《ぐうぜん》通《とお》ってですなあ」とかなんとか言《い》って、うちに入《はい》ってくるのです。お母《かあ》さんは「今《いま》からちょうど朝《あさ》ごはんですよ。せっかくならご一緒《いっしょ》にいかがかしら」と声《こえ》をかけます。〝朝《あさ》ごはんおじさん〟は「それは、悪《わる》いばってん……」と一旦《いったん》は口《くち》ごもるのですが、すぐに「よかですか？　では遠慮《えんりょ》なく」と言《い》って、当《あ》たり前《まえ》のようにわが家《や》に上《あ》がり、わたしの家族《かぞく》と一緒《いっしょ》に朝《あさ》ごはんを食《た》べていました。

わたしが「あのおじさんはご近所《きんじょ》さんなの？」と聞《き》くと、「地行《じぎょう》あたりよ（福《ふく》岡市《おかし》の唐人町駅周辺《とうじんまちえきしゅうへん》）」とお母《かあ》さん。地行《じぎょう》だったらうちから歩《ある》いて1時間《じかん》はかかります。なのに、いつも偶然《ぐうぜん》うちの前《まえ》を通《とお》るらしいのです。

毎朝《まいあさ》のように続《つづ》けて朝《あさ》ごはんの時間《じかん》にやってくるものだから、5つ上《うえ》の兄《あに》がとうとうお母《かあ》さんに言《い》いました。「おじさんは近所《きんじょ》でもないのにごはんを食《た》べに来《き》よる。断《ことわ》ったらいいやないか」。すると、お母《かあ》さんは「いいやないの。お腹《なか》すいちゃーとよ」と言《い》って笑《わら》うだけでした。

毎年《まいとし》11月《がつ》に入《はい》ると、うちの庭《にわ》には橙《だいだい》がたくさんなりました。いろんな人《ひと》がもらいに来《き》ていましたし、お母《かあ》さんはいつも「どうぞどうぞ」と言《い》って近所《きんじょ》の人《ひと》に橙《だいだい》を配《くば》ります。配《くば》りすぎてうちの家族《かぞく》の分《ぶん》がなくなるほどでした。ある近所《きんじょ》のおばさんは橙《だいだい》がよほど好《す》きなのか、ザルいっぱいにもらって帰《かえ》っていました。

ある日《ひ》、学校《がっこう》の帰《かえ》り道《みち》にそのおばさんの家《いえ》の前《まえ》を通《とお》ると、玄関前《げんかんまえ》の道《みち》におばさんが座《すわ》っていて、横《よこ》にザルいっぱいの橙《だいだい》が置《お》かれていました。そこには「橙《だいだい》、安《やす》く売《う》ります」という看板《かんばん》がかかげてあるではありませんか。わたしは目《め》をまるくしてしまいました。おばさんは橙《だいだい》が大好《だいす》きなわけではなく、売《う》るためにもらって帰《かえ》っていたのです。

ほとんどのことは
腹《はら》をたてるほどの
ことじゃないわね

わたしは走《はし》って帰《かえ》って、すぐにお母《かあ》さんに言《い》いつけました。

「あのおばさん、うちの橙《だいだい》を売《う》りよるよ！」

お母《かあ》さんは「そうね」と言《い》って、手《て》も止《と》めずにニッコリ笑《わら》いながら夕食《ゆうしょく》をつくり続《つづ》けていました。

わたしのお母《かあ》さんはご近所《きんじょ》さんの文句《もんく》を全《まった》く言《い》いません。「わたしとお父《とう》さんは岡山《おかやま》から福岡《ふくおか》に来《き》たでしょう。親《しん》せきは全《まった》くこっちにおらんしねえ。ご近《きん》所《じょ》さんに仲良《なかよ》くしてもらわないとね」とよく言《い》っていました。

お友達《ともだち》はお正月《しょうがつ》になると「親《しん》せきのおじさん」という人《ひと》からお年玉《としだま》をもらえるそうです。うちの親《しん》せきは岡山辺《おかやまあた》りに住《す》んでいるため、うちの近《ちか》くに住《す》んでいるのはご近所《きんじょ》のおじさんやおばさんばかり。ご近所《きんじょ》さんからはお年玉《としだま》はもらえません。ご近所《きんじょ》さんも大事《だいじ》だけれど「親《しん》せきのおじさんっていうのが近《ちか》くに住《す》んでいたらいいなあ」とわたしはひそかに思《おも》ったものでした。

ほんとうにえらい人《ひと》って？

「ただいまーっ」と小学校《しょうがっこう》から帰《かえ》ると、近所《きんじょ》のおばさんたちが家《いえ》に集《あつ》まっていました。今日《きょう》もいろいろな相談《そうだん》ごとをしていたようです。わたしがおやつを食《た》べながら聞《き》き耳《みみ》をたてていたら、「息子《むすこ》がいっちょん勉強《べんきょう》せん」だとか「やんちゃで手《て》に負《お》えん」とか、そんなことをみんなでぼやいています。ときどき、泣《な》いているおばさんもいました。お母《かあ》さんを泣《な》かすなんてよくないなあと思《おも》ったものです。

ずいぶんと大人《おとな》になってから、ある大《おお》きなパーティーに呼《よ》ばれたときのこと。有名《ゆうめい》な社長《しゃちょう》さんが近寄《ちかよ》って来《き》てわたしに言《い》いました。

「ずいぶんご無沙汰《ぶさた》ですなあ。タミさん、わたしを覚《おぼ》えていますか？」

近所《きんじょ》のおばさんを泣《な》かせていた息子《むすこ》さんだ！とすぐにわかりました。もちろんもうわたしも息子《むすこ》さんも大人《おとな》ですから、声《こえ》に出《だ》しては言《い》いませんよ。ずいぶん立派《りっぱ》になっていましたが、40年《ねん》以上《いじょう》たっても忘《わす》れていないものです。「もうお母《かあ》さんを泣《な》かせてないですか？」と聞《き》きたかったけれど、それは言《い》えませんでした。わたしは、どんなに会社《かいしゃ》でえらくなっても、お母《かあ》さんを泣《な》かすような人《ひと》はえらい人《ひと》とは言《い》ってあげません。

社会《しゃかい》では地位《ちい》や名誉《めいよ》のある人《ひと》をえらい人《ひと》と呼《よ》ぶようですが、わたしはそうは思《おも》いません。本当《ほんとう》にえらい人《ひと》というのは、まわりを幸《しあわ》せにするために惜《お》しまず努力《どりょく》をする人《ひと》のことを言《い》うのだと思《おも》います。一生懸命勉強《いっしょうけんめいべんきょう》し、世《よ》の中《なか》をよくするために学《まな》んだことを使《つか》おうとする人《ひと》を本当《ほんとう》のえらい人《ひと》と言《い》うのではないかしら。

身近《みぢか》な家族《かぞく》を悲《かな》しませるようでは、どんなに地位《ちい》が高《たか》くなろうと有名《ゆうめい》になろ

いばる人《ひと》は
弱《よわ》いのね。
ほんとに強《つよ》い人《ひと》は
やさしいの

うと、全然《ぜんぜん》えらくなれっこありません。それどころか、えらくなったと勘《かん》ちがいして、いばる人《ひと》もいるから残念《ざんねん》です。わたしは、ずるい人《ひと》といばる人《ひと》は嫌《きら》いなんです。

子《こ》どものころ泣《な》かせた分《ぶん》だけ、お母《かあ》さんを喜《よろこ》ばせてほしいなあと思《おも》いながら、わたしはパーティー会場《かいじょう》をあとにしました。

大人《おとな》ってずるいわ

兄《あに》たちはそれぞれ自転車《じてんしゃ》を持《も》っていましたから、当然《とうぜん》、わたしもお姉《ねえ》さんになったら自転車《じてんしゃ》に乗《の》るものだと思《おも》っていました。自由《じゆう》に自転車《じてんしゃ》で海《うみ》や山《やま》の方《ほう》まで出《で》かけるのに憧《あこが》れていたのです。ところが、7歳《さい》のころ、兄《あに》の自転車《じてんしゃ》を借《か》りて練習《れんしゅう》しようとしたら、すぐに父《ちち》や母《はは》から止《と》められました。

「タミは危《あぶ》ないからダメだ」

「まだ早《はや》いわよ」

「ケガするぞ」

もう心底《しんそこ》がっかりです。内緒《ないしょ》で練習《れんしゅう》しようと思《おも》ったけれど、うちは家族《かぞく》が多《おお》いからきっと誰《だれ》かに見《み》つかって怒《おこ》られてしまうでしょう。

そこでわたしは考《かんが》えました。

「そうだ。みんなが寝《ね》ている間《あいだ》に練習《れんしゅう》すればいいんだわ！」

わたしは、早朝《そうちょう》5時《じ》から家《いえ》のとなりの空《あ》き地《ち》で練習《れんしゅう》することにしました。まだ日《ひ》が昇《のぼ》る前《まえ》に布団《ふとん》からぬけ出《だ》して、兄《あに》の自転車《じてんしゃ》をこっそり持《も》ち出《だ》しましたが、まだわたしには足《あし》が届《とど》きません。そこで、わたしの腰《こし》くらいの高《たか》さの大《おお》きな石《いし》をふみ台《だい》にして、ようやくサドルに乗《の》ることに成功《せいこう》しました。ペダルをふみこんで少《すこ》し進《すす》んでは転《ころ》び、進《すす》んでは転《ころ》びながら練習《れんしゅう》しました。転《ころ》ばずにスイスイ乗《の》れるようになったときはとてもうれしかった。やればできるものです。

秘密《ひみつ》の朝練《あされん》のかいがあって、わたしはとても上手《じょうず》に乗《の》れるようになりました。まだうす暗《ぐら》いうちだから誰《だれ》にもぶつかることもなく、自由《じゆう》に空《あ》き地《ち》を乗《の》り回《まわ》りました。いつかは昼間《ひるま》に乗《の》りたいなあと思《おも》いながら。

そんなある日《ひ》、母《はは》から呼《よ》ばれました。

「お父《とう》さんが忘《わす》れ物《もの》したのよ。タミ、自転車《じてんしゃ》でお父《とう》さんに届《とど》けてきて」

まあ、危《あぶ》ないから乗《の》るんじゃないと言《い》っていたのに自分《じぶん》の都合《つごう》のいいことばっかり。大人《おとな》ってほんとにずるい、と思《おも》いました。

「大人《おとな》って勝手《かって》ね。お使《つか》いなんて骨《ほね》が折《お》れるわ。やれやれ」

わたしはまわりにめんどうくさそうな顔《かお》をしてみせると、荷物《にもつ》をのせて出発《しゅっぱつ》しました。はじめて昼間《ひるま》に乗《の》る自転車《じてんしゃ》、しかも30分《ぷん》はかかる遠出《とおで》です。内心《ないしん》うれしくって仕方《しかた》ありませんでした。お父《とう》さんに忘《わす》れ物《もの》を届《とど》けて、無事《ぶじ》にお使《つか》いの任務《にんむ》を果《は》たした後《あと》、「ときどきなら自転車《じてんしゃ》に乗《の》ってもいいよ」というお許《ゆる》しがようやく出《で》ました。

あれっ。それにしても、母《はは》はなぜわたしが自転車《じてんしゃ》に乗《の》れることを知《し》っていたんでしょうか。

ブランコは授業中《じゅぎょうちゅう》に乗《の》る

大人《おとな》でも子《こ》どもでもいじわるな人《ひと》っているものです。

休《やす》み時間《じかん》になると、校庭《こうてい》にあるブランコにはいつもある同級生《どうきゅうせい》が乗《の》ってい て、乗《の》りたくてもなかなか乗《の》ることができませんでした。わたしはブランコの 横《よこ》で「かわってほしいな〜」と思《おも》いながら、その子《こ》をジーっと見《み》つめます。で も、彼女《かのじょ》はわたしのほうなど見向《みむ》きもせず、すました顔《かお》でブランコをこぎ続《つづ》け ました。結局《けっきょく》、昼休《ひるやす》みの終《お》わりのチャイムが鳴《な》らないとブランコから降《お》りてく れないのです。

そんなことが毎日続《まいにちつづ》いたある日《ひ》、わたしは決《き》めました。チャイムが鳴《な》って、 その子《こ》が降《お》りたらブランコに乗《の》ろうって。授業《じゅぎょう》が始《はじ》まってしまいますが、仕方《しかた》 ありません。だって、その時間《じかん》しか乗《の》れないんですもん。わたしはいじわるな人《ひと》に自分《じぶん》の意見《いけん》をはっきり言《い》うのがとても苦手《にがて》なんです。案《あん》の定《じょう》、先生《せんせい》には注意《ちゅうい》されましたが、ゆっくりブランコに乗《の》れたわたしは大満足《だいまんぞく》でした。

そんな風《ふう》に同級生《どうきゅうせい》にはっきりものを言《い》えないわたしでしたが、クラスではとても目立《めだ》っていました。いいえ、わたしが目立《めだ》ちたがり屋《や》なわけじゃありません。わたしの洋服《ようふく》が目立《めだ》っていたのです。わたしのお母《かあ》さんは娘《むすめ》に派手《はで》な洋《よう》服《ふく》を着《き》せるのが楽《たの》しみで、わたしは毎日《まいにち》着《き》せ替《か》え人形《にんぎょう》のようにカラフルな服《ふく》を着《き》せられていました。ほんとうにいい迷惑《めいわく》です。お母《かあ》さんはとてもおしゃれな人《ひと》でしたが、わたしはおしゃれに興味《きょうみ》がありません。特《とく》に派手《はで》なのは全《まった》く好《す》きじゃありません。でも、まだ小学生《しょうがくせい》だから、お母《かあ》さんの言《い》う通《とお》りにするしかありませんでした。

わたしがあんまり目立《めだ》つ洋服《ようふく》を着《き》ているものだから、先生《せんせい》までが面白《おもしろ》がって、ある日《ひ》「職員室《しょくいんしつ》に洋服《ようふく》を見《み》せに来《き》なさいよ」とおっしゃいました。しぶしぶ行《い》くことにしましたが、ほんとうはとても恥《は》ずかしかったのです。

ある日《ひ》、ブランコの女《おんな》の子《こ》が「タミはクジャク〜！　タミはクジャク〜！」とはやし立《た》てました。クジャクみたいな派手《はで》な洋服《ようふく》を着《き》ているっていうことです。それをきっかけに、ほかの子《こ》からも洋服《ようふく》のことをからかわれるようになり、わたしはよく泣《な》きながら家《いえ》に帰《かえ》りました。

ひどくいじめられて泣《な》かされたときは、昼休《ひるやす》みになるとすべり台《だい》に走《はし》りました。すべり台《だい》のてっぺんから校庭《こうてい》を見下《みお》ろして5つ上《うえ》の兄《あに》を探《さが》すのです。兄《あに》を見《み》つけたら、急《いそ》いで走《はし》って行《い》って「またいじめられたけん、お兄《にい》ちゃんなんとか言《い》って！」と泣《な》きつきました。兄《あに》は一緒《いっしょ》にわたしの教室《きょうしつ》に行《い》って、そのいじわるな女《おんな》の子《こ》に「妹《いもうと》と仲良《なかよ》くしてくれんかいな」と何度《なんど》も言《い》ってくれました。でも、わたしはその子《こ》が怖《こわ》くて、見《み》えないように兄《あに》のうしろに隠《かく》れていました。

わたしは、その子《こ》をなるべく避《さ》けるようにして、学校帰《がっこうがえ》りはその子《こ》の家《いえ》の前《まえ》

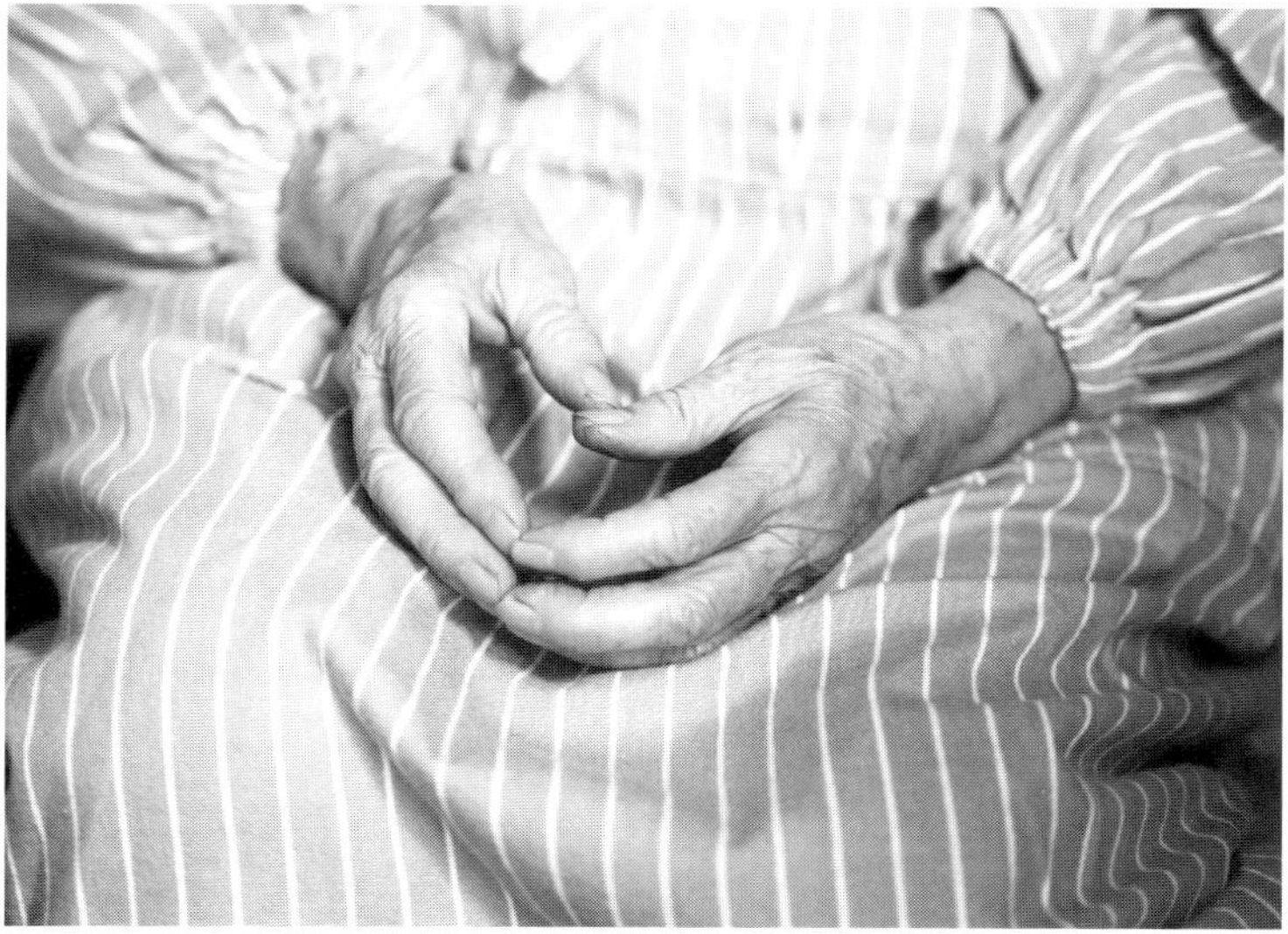

ほんとは、
人《ひと》って
やさしくなるために
生《う》まれてきたの

を通《とお》らないことに決《き》めました。近《ちか》づかなければ恐《おそ》るるに足《た》らずです。今《いま》ならもう少《すこ》しほかの解決方法《かいけつほうほう》があったかもしれませんね。

その話《はなし》を聞《き》いた母《はは》から「あの子《こ》はお母《かあ》さんを亡《な》くして、きっと寂《さび》しかったのよ」と慰《なぐさ》められました。「寂《さび》しい子《こ》は相手《あいて》にしてほしくて人《ひと》にいじわるするのかな？」わたしはもし寂《さび》しくなっても、絶対《ぜったい》に人《ひと》にいじわるだけはしないでおこうと心《こころ》に決《き》めました。

小川先生《おがわせんせい》の屋外授業《おくがいじゅぎょう》

わたしは小学《しょうがく》4年生《ねんせい》のときの担任《たんにん》の小川先生《おがわせんせい》が大好《だいす》きでした。

小川先生《おがわせんせい》はよく小《しょう》テストをして、テストの結果《けっか》で教室《きょうしつ》の席順《せきじゅん》を決《き》めていました。問題《もんだい》を解《と》けなかった子《こ》が前《まえ》の席《せき》に、解《と》けた子《こ》は後《うし》ろの席《せき》に座《すわ》るのです。

先生《せんせい》は毎回《まいかい》、「問題《もんだい》が解《と》けたら廊下《ろうか》に出《で》て待《ま》っていなさい」と言《い》います。わたしが早《はや》く問題《もんだい》を解《と》いて廊下《ろうか》に立《た》っていると、ほかのクラスの子《こ》に見《み》つかって「あ〜、タミが立《た》たされとる！」と笑《わら》われました。だから、わたしは人《ひと》が通《とお》るたびに「ちがうと、立《た》たされてるんじゃないとよ」といちいち言《い》いわけしなければいけませんでした。

ある日《ひ》の算数《さんすう》の時間《じかん》に、小川先生《おがわせんせい》はとても大《おお》きな石《いし》を机《つくえ》の上《うえ》に置《お》き、みんなにたずねました。

「この石《いし》の重《おも》さを量《はか》るにはどうしたらいいと思《おも》う？」

石《いし》は大《おお》きすぎて、はかりにはのせられません。みんなが首《くび》をひねっていると、先生《せんせい》は「よし、では大濠公園《おおほりこうえん》まで散歩《さんぽ》に行《い》って考《かんが》えよう」とおっしゃいました。

急《きゅう》なお散歩《さんぽ》にみんなは大喜《おおよろこ》び。はりきって教室《きょうしつ》を飛《と》び出《だ》しました。

公園《こうえん》に着《つ》くと先生《せんせい》は唐突《とうとつ》に「公園《こうえん》に落《お》ちている石《いし》をポケットいっぱいに詰《つ》めておきなさい」と言《い》いました。わたしたちはわけがわからないまま、それぞれのポケットに石《いし》をたくさん詰《つ》めて、また学校《がっこう》に戻《もど》りました。

教室《きょうしつ》へ帰《かえ》ると、先生《せんせい》は水《みず》の入《はい》った大《おお》きな水槽《すいそう》に先《さき》ほどの大《おお》きな石《いし》を入《い》れました。

「水槽《すいそう》の水《みず》のかさが何《なん》センチ増《ま》したか測《はか》っておくように」と言《い》われ、大《おお》きな石《いし》をそっと取《と》り出《だ》しました。

「さっきのかさが増《ま》したところまで、みんなの小石《こいし》を入《い》れてごらん」

みんなはポケットの小石《こいし》を次々《つぎつぎ》に入《い》れました。

「同《おな》じかさまできたかな。そうしたら、小石《こいし》を水槽《すいそう》から取《と》り出《だ》して、ひとつひとつはかりで量《はか》ろう。量《はか》ったら小石《こいし》の重《おも》さを全部《ぜんぶ》足《た》し算《ざん》すればいいんだ」

つまり、同《おな》じかさなら、最初《さいしょ》の大《おお》きな石《いし》とたくさんの小石《こいし》の重《おも》さは同《おな》じだ、ということがよくわかりました。こんな風《ふう》に小川先生《おがわせんせい》は、いつもわたしたちが体感《たいかん》してわかるように工夫《くふう》して授業《じゅぎょう》をしてくれました。

「今日習《きょうなら》ったことを家《いえ》でもう一度復習《いちどふくしゅう》してくるように。予習《よしゅう》より復習《ふくしゅう》が大事《だいじ》だぞ。復習《ふくしゅう》だけは覚《おぼ》えるまでやりなさい」

わたしは、料理《りょうり》を習《なら》い始《はじ》めてからも、くり返《かえ》し復習《ふくしゅう》をするようにしています。何度《なんど》も何度《なんど》もつくることで、からだがつくり方《かた》を覚《おぼ》えていくのがわかるのです。料理教室《りょうりきょうしつ》の生徒《せいと》さんにも「習《なら》った料理《りょうり》を30回《かい》つくったら本物《ほんもの》よ」と教《おし》えています。実《じつ》は、これも小川先生《おがわせんせい》の授業《じゅぎょう》のおかげです。

1年間《ねんかん》のおやすみ

わたしはもともと腎臓《じんぞう》や肝臓《かんぞう》が悪《わる》くて、小《ちい》さいころからよく病院通《びょういんがよ》いをしていました。小学《しょうがく》4年生《ねんせい》のとき、高熱《こうねつ》が出《で》て大《おお》きな病院《びょういん》に行《い》ったところ「しょうこう熱《ねつ》」と診断《しんだん》されました。当時《とうじ》、流行《はや》っていた伝染病《でんせんびょう》です。わたしはその日《ひ》から九州大学病院《きゅうしゅうだいがくびょういん》の隔離病棟《かくりびょうとう》に入院《にゅういん》させられてしまいました。

わたしは病院《びょういん》がいやでいやで仕方《しかた》なく、家《いえ》に帰《かえ》りたいと毎日両親《まいにちりょうしん》にお願《ねが》いしました。あまりに泣《な》くものだから母《はは》が先生《せんせい》に頼《たの》んで、なんとか1週間《しゅうかん》で家《いえ》に戻《もど》ることになりました。

でも、それから半年《はんとし》にもわたり、ひとりぼっちの部屋《へや》で寝《ね》るだけの日々《ひび》が続《つづ》きました。大好《だいす》きな本《ほん》も読《よ》んじゃダメと言《い》われて、わたしはすっかりふてくされていました。塩気《しおけ》もダメらしく、大好《だいす》きな魚《さかな》の一夜干《いちやぼ》しも、お母《かあ》さんがわたしの魚《さかな》だけお塩《しお》をつけてくれないので、味《あじ》もありません。
それでもわたしは父《ちち》の言《い》いつけは守《まも》って、毎日早寝早起《まいにちはやねはやお》きをしていました。早起《はやお》きして窓《まど》を開《あ》けると、空気《くうき》の冷《つめ》たさで今日《きょう》の天気《てんき》がわかります。みんなが寝《ね》ている夜《よる》のうちに空気《くうき》がきれいになっているのです。きれいな空気《くうき》を大《おお》きく吸《す》いこんで、早《はや》く元気《げんき》になろうと思《おも》いました。

部屋《へや》にこもりきりの毎日《まいにち》はあまりに暇《ひま》で、わたしは来《く》る日《ひ》も来《く》る日《ひ》も窓《まど》の外《そと》ばかり眺《なが》めていました。雲《くも》って、ずっと見《み》ているとっても面白《おもしろ》いんですよ。どれも形《かたち》がちがっていて、ひとつも同《おな》じ雲《くも》はない。ゆっくり動《うご》くときもあれば、さーっと動《うご》くときもある。色《いろ》もちがう。雲《くも》ってどこから来《き》てどこに行《い》くのかなあと思《おも》ったりしました。

少《すこ》し元気《げんき》になって、外《そと》に出《で》られるようになり、庭《にわ》のお花《はな》を眺《なが》めることができるようになりました。ツツジ、萩《はぎ》、すいせん、ぶどうやきんかん、橙《だいだい》など、わたしは花《はな》が咲《さ》いたり、実《み》がなったりする様子《ようす》をじっと見《み》ることを覚《おぼ》えました。

そんなふうにわたしが庭《にわ》を眺《なが》めているすきに、兄《あに》が隔離部屋《かくりべや》に忍《しの》びこんできて、お見舞《みま》いのお菓子《かし》を全部《ぜんぶ》持《も》って行《い》ってしまいました。ひどいお兄《にい》ちゃんです。

結局《けっきょく》、学校《がっこう》は1年間《ねんかん》お休《やす》みしましたが、今考《いまかんが》えると、病気《びょうき》のおかげで貴重《きちょう》な観察《かんさつ》ができた時間《じかん》だったなと思《おも》います。

絵《え》描《か》きになりたい

わたしは子《こ》どものころから絵《え》を描《か》くのが大好《だいす》きで、絵《え》描《か》きになるのが夢《ゆめ》でした。「絵《え》描《か》きになってフランスのパリに行《い》くの！」というのが幼稚園《ようちえん》のころからの口《くち》ぐせだったんです。そのころは近所《きんじょ》に絵《え》の先生《せんせい》なんていませんから、小《しょう》学生《がくせい》だった兄《あに》の時間割《じかんわり》を見《み》て、図画工作《ずがこうさく》の時間《じかん》だけ兄《あに》にくっついて授業《じゅぎょう》を受《う》けていました。今考《いまかんが》えたら、5歳《さい》の妹《いもうと》に授業《じゅぎょう》を受《う》けさせるなんて自由《じゆう》な時代《じだい》です。

ある日《ひ》、先生《せんせい》から「おうちの絵《え》を描《か》きましょう」と言《い》われました。わたしはそんなのまだ描《か》けやしませんから、いつも描《か》きなれているチューリップの絵《え》を描《か》きました。兄《あに》のお友達《ともだち》からは「タミちゃん、ちがうよ。家《いえ》の絵《え》だよ」と注意《ちゅうい》されましたが、5歳《さい》なんですもん。描《か》けないものは描《か》けません。一番前《いちばんまえ》に座《すわ》って堂々《どうどう》と赤《あか》いチューリップを描《か》く妹《いもうと》に兄《あに》はハラハラしていたようです。先生《せんせい》はわたしの絵《え》に「よくできました」と二重丸《にじゅうまる》をつけてくださいました。

女学校《じょがっこう》に入《はい》ってもずっと絵《え》を描《か》くのが好《す》きで、卒業前《そつぎょうまえ》に「東京《とうきょう》の美術大学《びじゅつだいがく》に進学《しんがく》したい」と父《ちち》に相談《そうだん》しました。父《ちち》はうんとは言《い》いませんでした。そのころ、すでに戦争《せんそう》が始《はじ》まっていたからです。「今《いま》、東京《とうきょう》は一番危《いちばんあぶ》ない。東京《とうきょう》へ行《い》くどころか、みんな田舎《いなか》に疎開《そかい》しているんだぞ」と言《い》われてしまいました。戦《せん》争《そう》が起《お》こったせいで「絵描《えか》きになってパリに行《い》く」というわたしの長年《ながねん》の夢《ゆめ》はあえなく消《き》えてしまったのです。

それからも絵《え》はよく描《か》いていましたが、わたしは、絵《え》ではないもうひとつのことに熱中《ねっちゅう》し始《はじ》めていました。それが料理《りょうり》です。17歳《さい》のとき、母《はは》のすすめで「江上《えがみ》トミ先生《せんせい》」という素晴《すば》らしい料理《りょうり》の先生《せんせい》と出会《であ》ったのです。先生《せんせい》は本場《ほんば》ヨーロッパで西洋《せいよう》の料理《りょうり》を学《まな》んできた日本《にほん》で初《はじ》めての料理研究家《りょうりけんきゅうか》でした。日《に》本料理《ほんりょうり》だけでなく珍《めずら》しい海外《かいがい》の料理《りょうり》にもくわしくて、いろいろな料理《りょうり》を教《おし》えてくださいました。先生《せんせい》の元《もと》で勉強《べんきょう》すればするほど、さまざまな種類《しゅるい》の料理《りょうり》がつくれるようになっていきます。家族《かぞく》もわたしが料理《りょうり》をするたびにたいそう喜《よろこ》んで「おいしい、おいしい」と食《た》べてくれましたし、わたしは料理《りょうり》の面白《おもしろ》さにどんどん引《ひ》きこまれていきました。料理《りょうり》の勉強《べんきょう》は戦争《せんそう》でいったん中断《ちゅうだん》したのですが、戦後《せんご》、わたしは絵描《えか》きではなく、料理《りょうり》の道《みち》に進《すす》むことにしたのです。

その後《あと》、料理《りょうり》を始《はじ》めて21年経《ねんた》ってから、江上先生《えがみせんせい》に誘《さそ》われて、ヨーロッパの食《た》べ物《もの》を研究《けんきゅう》する視察旅行《しさつりょこう》に出《で》かけました（このお話《はなし》はまた後《あと》でくわしくしますね）。わたしが38歳《さい》のときのこと、4〜5ヶ月《げつ》かけてヨーロッパを巡《めぐ》り、北欧《ほくおう》やエジプト、アフリカ方面《ほうめん》まで足《あし》をのばした、まさに食《しょく》の大冒険《だいぼうけん》です！ もちろんパリにも行《い》きました。いろいろなレストランでその土地《とち》の料理《りょうり》の勉強《べんきょう》をしながら、たくさんの料理《りょうり》をスケッチしました。

そのときにわたし、気《き》がついてしまったんです。

「今《いま》わたしは、好《す》きな仕事《しごと》でパリに来《き》て、絵《え》を描《か》いてるじゃない！」って！

5歳《さい》ではじめての失敗《しっぱい》

わたしはもともとおっちょこちょいで、子《こ》どものころからやる事《こと》なす事失敗《ことしっぱい》ばかり。それでも、毎回《まいかい》こわいもの知《し》らずで挑戦《ちょうせん》するから、わたしのお母《かあ》さんはいつも心配《しんぱい》だったと思《おも》います。

最初《さいしょ》に覚《おぼ》えている失敗《しっぱい》は5歳《さい》のころ。外国《がいこく》の絵本《えほん》を読《よ》んでいたら、お話《はなし》の中《なか》で女《おんな》の子《こ》がホットケーキをつくっていました。その女《おんな》の子《こ》がとてもおいしそうにホットケーキを食《た》べていたので、わたしもどうしてもつくってみたくなったのです。絵本《えほん》には、小麦粉《こむぎこ》と卵《たまご》と砂糖《さとう》と牛乳《ぎゅうにゅう》を混《ま》ぜて焼《や》くと書《か》いてありました。それならば、わたしにもできそうだと思《おも》い、誰《だれ》もいない台所《だいどころ》にワクワクしながらしのびこみました。わたしがはじめてつくった料理《りょうり》は、コップにバターひとかけとお砂糖《さとう》ひとさじを入《い》れて熱湯《ねっとう》を注《そそ》いだ「ホットバターティー」なるものでしたが、今日《きょう》初《はじ》めて、火《ひ》を使《つか》う料理《りょうり》に挑戦《ちょうせん》してみることにしたのです。

いつも母《はは》が料理《りょうり》する様子《ようす》を台所《だいどころ》のすみっこで眺《なが》めていたから、材料《ざいりょう》の置《お》き場《ば》所《しょ》はわかっています。小麦粉《こむぎこ》とお砂糖《さとう》と卵《たまご》と牛乳《ぎゅうにゅう》、すべての材料《ざいりょう》を「これくらいかな」という適当《てきとう》な量《りょう》だけ入《い》れて、お箸《はし》で混《ま》ぜて準備《じゅんび》は完了《かんりょう》。あとは焼《や》くだけです。ちょうど練炭《れんたん》（石炭《せきたん》などを丸《まる》い筒形《つつがた》に固《かた》めた炊事用《すいじよう》の燃料《ねんりょう》のこと）の火《ひ》が残《のこ》っていたので、わたしはそれで焼《や》くことにしました。

ボウルに入《はい》った少《すこ》し黄色味《きいろみ》がかったおいしそうな生地《きじ》をゆっくりかきまぜて、お玉《たま》でそっとすくいます。ホットケーキの生地《きじ》を熱《あつ》くなった焼《や》き網《あみ》にたらしたそのとき！　「ジュジュジュジュジュ〜〜〜!!」と派手《はで》な音《おと》がして、焦《こ》げるにおいとともに黒《くろ》っぽいけむりが上《あ》がりました。

「タミ！　なにしてるんです!!」

すぐにお母《かあ》さんがあわてて飛《と》んできました。

「あのね、あのね……ホットケーキが食《た》べたかったの」と半泣《はんな》きのわたしに、お母《かあ》さんは笑《わら》いながら「ホットケーキは網《あみ》では焼《や》けないのよ」と言《い》いました。

わたしはお母《かあ》さんが魚《さかな》を焼《や》くときと同《おな》じように、焼《や》き網《あみ》の上《うえ》でホットケーキを焼《や》こうとしたのですが、やわらかい生地《きじ》が網目《あみめ》をくぐりぬけて全部下《ぜんぶした》に落《お》ちて、けむりがモクモクと立《た》ち上《のぼ》ってしまったのでした。

そのあと、お母《かあ》さんが厚手《あつで》の鍋《なべ》でホットケーキを焼《や》いてくれました。それはとても熱々《あつあつ》でふわふわのおいしいホットケーキで、わたしはこの日《ひ》、「焼《や》く」ということを覚《おぼ》えたのです。失敗《しっぱい》から学《まな》んだことは簡単《かんたん》に成功《せいこう》したときより強《つよ》く記憶《きおく》に残《のこ》っているもので、あのときの黒《くろ》いけむりとホットケーキの味《あじ》は忘《わす》れられません。

料理《りょうり》の道《みち》を志《こころざ》してからも、子《こ》どものころと同《おな》じように多《おお》くの失敗《しっぱい》をしてきました。つくった料理《りょうり》が失敗《しっぱい》したら、それにどうにか手《て》を加《くわ》えておいしく食《た》べら

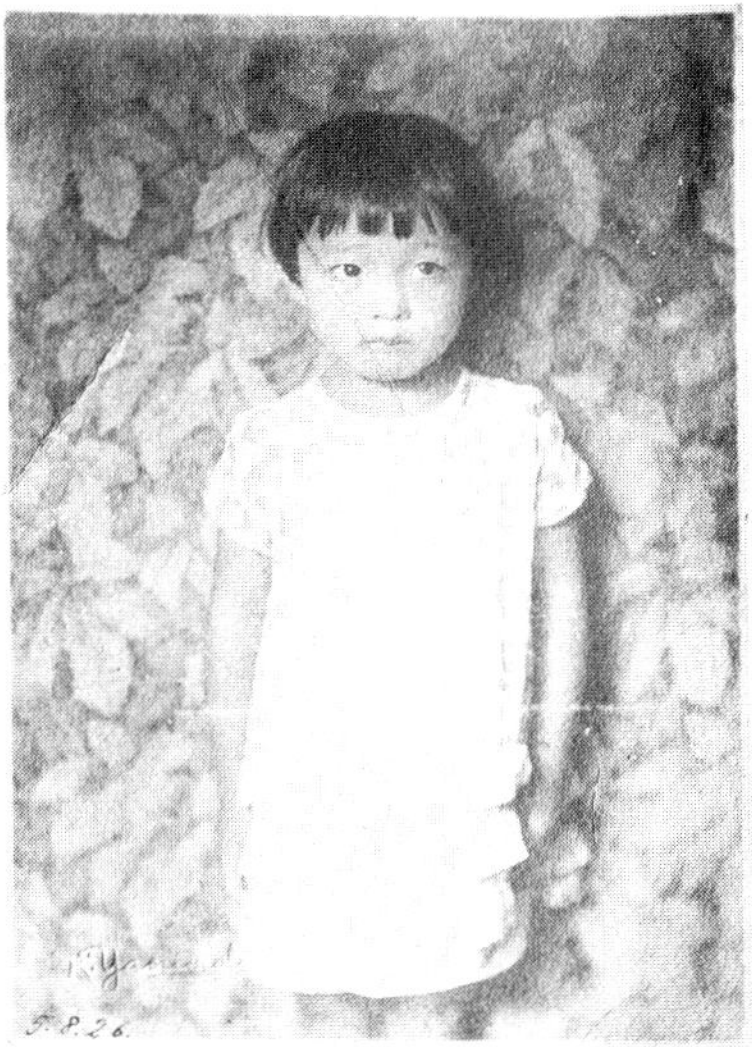

失敗《しっぱい》したときは、
まだ
うまくいくための
途中《とちゅう》って思《おも》うのよ

れるように工夫《くふう》しますし、またどうすれば次《つぎ》に失敗《しっぱい》しないかを考《かんが》えます。料理《りょうり》は毎日《まいにち》がその連続《れんぞく》です。だから、たくさん失敗《しっぱい》してもいいの。そして、失敗《しっぱい》をくり返《かえ》すことでだんだん大切《たいせつ》なことに気《き》がつきます。「あ、わかった！」と気《き》づきがあったときが、「これはもう失敗《しっぱい》しない」という合図《あいず》なんです。そういう経験《けいけん》をして時間《じかん》をかけて成功《せいこう》した人《ひと》こそ、確《たし》かな力《ちから》を身《み》につけるのだと思《おも》います。

第《だい》2章《しょう》　食《く》いしんぼう、先生《せんせい》になる

江上《えがみ》トミ先生《せんせい》との出会《であ》い

昔《むかし》は年《とし》ごろになった女性《じょせい》が「花嫁修業《はなよめしゅぎょう》」と称《しょう》して習《なら》い事《ごと》にいくのが一般的《いっぱんてき》でした。花嫁修業《はなよめしゅぎょう》とは、いいお嫁《よめ》さんになるように、結婚《けっこん》する前《まえ》に料理《りょうり》やお裁縫《さいほう》、お花《はな》に茶道《さどう》などの家事全般《かじぜんぱん》のおけいこをすることです。女性《じょせい》で仕事《しごと》をする人《ひと》はほとんどいない時代《じだい》でした。

わたしは絵描《えか》きになりたかったので、お嫁《よめ》さんになることには全《まった》く興味《きょうみ》がありませんでしたが、料理《りょうり》だけは習《なら》ってみたいと思《おも》っていました。昔《むかし》から食《く》いしんぼうでしたし、なにより10歳年上《さいとしうえ》の姉《あね》が料理教室《りょうりきょうしつ》から持《も》ち帰《かえ》る料理《りょうり》がとってもおいしかったのです。そこで17歳《さい》になったときに母《はは》に頼《たの》んで料理教室《りょうりきょうしつ》に通《かよ》わせてもらうことにしました。昭和《しょうわ》18（1943）年《ねん》ですから戦争中《せんそうちゅう》でしたが、戦況《せんきょう》はまだそんなにひどくはなかったのです。

わたしは江上《えがみ》トミ先生《せんせい》という小倉《こくら》にお住《す》まいの先生《せんせい》に料理《りょうり》を習《なら》うことになりました。江上先生《えがみせんせい》は週《しゅう》に何度《なんど》か福岡《ふくおか》まで教《おし》えに来《こ》られていたのです。先生《せんせい》の「江上料理研究会《えがみりょうりけんきゅうかい》」という料理教室《りょうりきょうしつ》は、アパートの小《ち》さな一室《いっしつ》で行《おこな》われていました。ご主人《しゅじん》が陸軍《りくぐん》技師《ぎし》をされていた関係《かんけい》でフランスやイギリスにお住《す》まいだったことがあり、本場《ほんば》ヨーロッパで西洋料理《せいようりょうり》を修得《しゅうとく》した料理研究家《りょうりけんきゅうか》の先《さき》がけで、日本料理《にほんりょうり》だけでなくフランス料理《りょうり》も教《おし》えていました。海外《かいがい》に行《い》かれていたわけですから、きっとおいしいものばかりをたくさん食《た》べてこられたんでしょう。料理《りょうり》の食材《しょくざい》は、日本《にほん》のものもフランスのものも、一流《いちりゅう》で質《しつ》のよいものを選《えら》びぬいて使《つか》っていました。

「習《なら》うなら『ほんもの』を習《なら》いなさい。くずすのはいつでもできます」

それが江上先生《えがみせんせい》の口《くち》ぐせでした。ただ単《たん》にぜいたくな素材《そざい》を使《つか》うというだけでなく、ほんものの食材《しょくざい》、ほんものの道具《どうぐ》、ほんものの味《あじ》を学《まな》び、見極《みきわ》めて、ほんものの料理《りょうり》の技術《ぎじゅつ》を覚《おぼ》えなさいという教《おし》えです。

出汁《だし》というと、今《いま》はスーパーなどでだしの素《もと》やだしパックが売《う》られているそうですが、このころはそんなものはありません。毎日《まいにち》、かつお節削《ぶしけず》りという道具《どうぐ》でかつお節《ぶし》を削《けず》っていました。木製《もくせい》の小《ちい》さな箱《はこ》に刃《は》がついていて、刃《は》の上《うえ》にかつお節《ぶし》のかたまりを行《い》き来《き》させて、削《けず》り節《ぶし》をつくるのです。かつお節削《ぶしけず》りはコツがいり、力加減《ちからかげん》がなかなか難《むずか》しく、削《けず》るのはもっぱらなれたお姉《ねえ》さんたちが担当《たんとう》していました。

ですから、はじめて江上先生《えがみせんせい》から「タミさん、かつお節《ぶし》、やってごらんなさい」と言《い》われたときには内心《ないしん》うれしくて、「きゃー！」という感《かん》じでした。でも大丈夫《だいじょうぶ》。わたしは子《こ》どものころから、家《いえ》でも近所《きんじょ》の料理屋《りょうりや》さんでも市場《いちば》でも大人《おとな》が削《けず》るのをずっと見《み》ていましたから。「ようやくわたしにもチャンスが巡《めぐ》ってきた！」と、はやる気持《きも》ちをおさえて、慎重《しんちょう》にリズムよく削《けず》りました。シャリシャリという音《おと》は、まるでおいしくなる魔法《まほう》のようでした。

「タミさん、なかなかよく削《けず》れましたね」

江上先生《えがみせんせい》がわたしのかつお節《ぶし》をほめてくださって、わたしはその日《ひ》から、がぜん料理《りょうり》が楽《たの》しくなったのでした。

習《なら》い始《はじ》めて1年《ねん》が経《た》ったころ、急《きゅう》に戦況《せんきょう》が悪化《あっか》して、江上先生《えがみせんせい》の料理教室《りょうりきょうしつ》も閉《と》じることになりました。先生《せんせい》は息子《むすこ》さんの進学《しんがく》のために広島《ひろしま》へ移《うつ》り住《す》まれ、わたしは戦闘機《せんとうき》をつくる会社《かいしゃ》に働《はたら》きに行《い》くことになったのです。

食材《しょくざい》はわずかな配給制《はいきゅうせい》になり、しばらくは料理《りょうり》どころか、食《た》べるのもままならない戦争《せんそう》の時代《じだい》を送《おく》り、昭和《しょうわ》20（1945）年《ねん》に終戦《しゅうせん》を迎《むか》えました。

その翌年《よくとし》、わたしの住《す》む福岡《ふくおか》にもようやく戦後《せんご》の復興《ふっこう》の兆《きざ》しが見《み》え始《はじ》めたある日《ひ》、わたしが夕食《ゆうしょく》の支度《したく》をしていたら友達《ともだち》がやってきて、うれしいうわさ話《ばなし》を聞《き》きました。「江上先生《えがみせんせい》が福岡《ふくおか》に戻《もど》られて料理教室《りょうりきょうしつ》を再開《さいかい》なさるんですって！」

先生《せんせい》が帰《かえ》って来《こ》られたのです！

わたしはちょうどお勝手口《かってぐち》の外《そと》で七輪《しちりん》の火《ひ》を起《お》こしているところでしたが、割烹着《かっぽうぎ》を着《き》たままあわてて自転車《じてんしゃ》に飛《と》び乗《の》りました。胸《むね》が高鳴《たかな》りました。まだ物《もの》がなく、日々《ひび》の料理《りょうり》に使《つか》う食材《しょくざい》を手《て》に入《い》れるのもむずかしい時代《じだい》。街《まち》は戦争《せんそう》の爪痕《つめあと》が深《ふか》く残《のこ》されていましたが、「また先生《せんせい》から料理《りょうり》を習《なら》える」のがうれしくてうれしくて仕方《しかた》ありません。新天町《しんてんちょう》という戦後復興《せんごふっこう》のためにつくられたアーケードの一角《いっかく》まで自転車《じてんしゃ》を走《はし》らせたわたしは、江上先生《えがみせんせい》や料理《りょうり》の仲間《なかま》たちとの再会《さいかい》を果《は》たしました。

それからわたしは江上先生《えがみせんせい》に再度弟子入《さいどでしい》りして、先生《せんせい》の仕事《しごと》のお手伝《てつだ》いをしながら料理《りょうり》を習《なら》うことにしました。習《なら》ったことは必《かなら》ずすぐに復習《ふくしゅう》しましたし、家族《かぞく》から料理《りょうり》をほめられると有頂天《うちょうてん》になって、またすぐにつくりたくなります。たまに、おいしくつくれず失敗《しっぱい》することもあって、そうすると「わたしは何《なに》もわかってなかった」と落《お》ちこみます。調子《ちょうし》にのったり落《お》ちこんだりをくり返《かえ》すうちに、わたしはどんどん料理《りょうり》の面白《おもしろ》さにのめりこんでいったのでした。

結婚《けっこん》と出産《しゅっさん》、別《わか》れ

戦争《せんそう》が終《お》わって6年《ねん》が経《た》ち、父《ちち》のすすめで結婚《けっこん》しました。わたしが25歳《さい》のとき、夫《おっと》は8つ年上《としうえ》の遠縁《とおえん》にあたる人《ひと》で父《ちち》と同《おな》じお医者《いしゃ》さんです。もとは紙《かみ》を売《う》る問屋《とんや》さんの跡取《あとと》りとして働《はたら》いていたようですが、商売《しょうばい》には向《む》いてないと思《おも》ったらしく、わたしの父《ちち》のすすめで医学部《いがくぶ》に入《はい》りなおしたということでした。医《い》者《しゃ》になったのも30歳《さい》を過《す》ぎてから。気《き》がやさしくておとなしい性格《せいかく》の夫《おっと》とともに平和《へいわ》な日々《ひび》を過《す》ごしました。

ほどなくして、わたしは双子《ふたご》の男《おとこ》の子《こ》を出産《しゅっさん》し、とたんに忙《いそが》しい毎日《まいにち》が始《はじ》まりました。もともと病弱《びょうじゃく》なわたしが男《おとこ》の子《こ》2人《ふたり》を追《お》いかけるのは大変《たいへん》です。子《こ》どもたちを前《まえ》と後《うし》ろに抱《かか》えなくてはいけないし、今《いま》みたいに洗濯機《せんたくき》も紙《かみ》おむつもないので、布《ぬの》のおむつを手洗《てあら》いします。夜泣《よな》きも2人分《ふたりぶん》で寝《ね》る暇《ひま》もなし。下《した》の子《こ》は足《あし》が不自由《ふじゆう》に生《う》まれてきたのがかわいそうでしたが、それでも4歳《さい》になると2人《ふたり》そろって元気《げんき》に幼稚園《ようちえん》に通《かよ》えるようになりました。

子《こ》どもが幼稚園《ようちえん》に入《はい》り、少《すこ》し時間《じかん》ができたので、わたしはまた江上先生《えがみせんせい》の料理教室《りょうりきょうしつ》の手伝《てつだ》いに行《い》くことにしました。双子《ふたご》をお迎《むか》えにきた幼稚園《ようちえん》バスにわたしも一緒《いっしょ》に乗《の》せてもらい、料理教室《りょうりきょうしつ》のある薬院《やくいん》のバス停《てい》で子《こ》どもたちに手《て》を振《ふ》って降《お》りるのです。そして帰《かえ》りがけのバスに間《ま》に合《あ》うように仕事《しごと》を終《お》え、双子《ふたご》と一緒《いっしょ》に家《いえ》に帰《かえ》るという毎日《まいにち》でした。

そんな生活《せいかつ》が一変《いっぺん》したのは昭和《しょうわ》32（1957）年《ねん》、息子《むすこ》たちがまだ4歳《さい》のころ。夫《おっと》が急死《きゅうし》したのです。夫《おっと》は病気《びょうき》をして手術《しゅじゅつ》をすることになったのですが、手術中《しゅじゅつちゅう》に出血多量《しゅっけつたりょう》で命《いのち》を落《お》としたのでした。わたしも夫《おっと》もまさか命《いのち》にかかわるような手術《しゅじゅつ》だとは思《おも》っていませんでしたから、あまりに突然《とつぜん》のできごとでした。31歳《さい》のわたしはまだ小《ちい》さい2人《ふたり》の息子《むすこ》を前《まえ》に、おろおろするばかり。どうしてよいかわからず、ひとまず実家《じっか》に身《み》を寄《よ》せることになりました。

「家《いえ》でじっとしてたらよくないから、出《で》てきなさいよ」

ふさぎこんでいるわたしに江上先生《えがみせんせい》が声《こえ》をかけてくださったのは、夫《おっと》が他界《たかい》して1年《ねん》ほどたったころでした。17歳《さい》で通《かよ》い始《はじ》めた江上先生《えがみせんせい》の料理教室《りょうりきょうしつ》は戦《せん》争《そう》で中断《ちゅうだん》し、戦後《せんご》にまた通《かよ》い始《はじ》めて結婚《けっこん》してお休《やす》み。子《こ》どもが幼稚園《ようちえん》に入《はい》ってまた通《かよ》い、今度《こんど》は夫《おっと》が亡《な》くなってまたお休《やす》み。今回《こんかい》は3回《かい》めの復帰《ふっき》でした。好《す》きな料理教室《りょうりきょうしつ》にまた通《かよ》えるというだけで、ずいぶん前《まえ》向《む》きな気《き》持《も》ちになれました。

実家《じっか》には息子《むすこ》たちのいとこが5〜6人《にん》いましたから、息子《むすこ》たちはさびしい思《おも》いはしなかったと思《おも》います。でも、ずっとこのまま実家《じっか》で暮《く》らすわけにはいきません。親子《おやこ》3人《にん》、これからどうやって生《い》きていこうかと、わたしは考《かんが》えていました。

よし、料理《りょうり》を仕事《しごと》にしよう

昭和《しょうわ》36（1961）年《ねん》、江上先生《えがみせんせい》が福岡《ふくおか》から東京《とうきょう》に住居《じゅうきょ》を移《うつ》した年《とし》の8月《がつ》、わたしは福岡《ふくおか》で自分《じぶん》の料理教室《りょうりきょうしつ》を始《はじ》めることにしました。いつまでも両親《りょうしん》に頼《たよ》ってばかりじゃいけないし、子《こ》どもたちを育《そだ》てていくために、とにかくわたしにできることを仕事《しごと》にするしかない、それが料理《りょうり》だったのです。

お金《かね》がないので、兄《あに》の病院《びょういん》の一室《いっしつ》を借《か》りて、料理教室《りょうりきょうしつ》の札《ふだ》をかけ、最初《さいしょ》のうちは少人数《しょうにんずう》ですが、江上先生《えがみせんせい》の教室《きょうしつ》に通《かよ》っていた生徒《せいと》さんが来《き》てくださいました。

わたしが江上先生《えがみせんせい》の助手《じょしゅ》をしていたのは10年《ねん》足《た》らずです。教《おし》えることより、まだわたしは知《し》りたいことだらけだったので、料理教室《りょうりきょうしつ》をしながら江上先生《えがみせんせい》のいる東京《とうきょう》に毎月《まいつき》通《かよ》って勉強《べんきょう》することにしました。当時《とうじ》は飛行機《ひこうき》が飛《と》び始《はじ》めたばかりで、飛行機《ひこうき》の燃料《ねんりょう》が福岡《ふくおか》から東京《とうきょう》までもたなくて、大阪《おおさか》で一度着陸《いちどちゃくりく》して燃料《ねんりょう》を補給《ほきゅう》しないと東京《とうきょう》へは行《い》けませんでした。わたしが毎月乗《まいつきの》っていたのは値段《ねだん》が安《やす》いムーンライトという飛行機《ひこうき》です。深夜《しんや》に福岡《ふくおか》を離陸《りりく》して、途中《とちゅう》いったん大阪《おおさか》に着陸《ちゃくりく》。掃除《そうじ》して燃料補給《ねんりょうほきゅう》して、再度離陸《さいどりりく》し早朝《そうちょう》に東京《とうきょう》に着《つ》くという便《びん》でした。

子《こ》どもを抱《かか》えて働《はたら》き始《はじ》めたばかりで全《まった》くお金《かね》がないうえに、東京《とうきょう》への旅費《りょひ》を用立《ようだ》てなくてはならず、わが家《や》はいつも火《ひ》の車《くるま》です。江上先生《えがみせんせい》からは「常《つね》に先《さき》のことを考《かんが》えないといけません」と言《い》われていましたが、そのときのわたしは今日一日《きょういちにち》のことを考《かんが》えるだけで精一杯《せいいっぱい》でした。お金《かね》がなくても子《こ》どもだけは食《た》べさせないといけないし、料理《りょうり》の技術《ぎじゅつ》を学《まな》んで、なんとか仕事《しごと》として稼《かせ》いでいかなくてはなりません。

結局《けっきょく》、江上先生《えがみせんせい》には38年間《ねんかん》も料理《りょうり》を教《おし》えていただきました。江上先生《えがみせんせい》と出会《であ》えてなかったらこの道《みち》を志《こころざ》すことはなかったでしょう。小《ちい》さいころは絵描《えか》きになりたかったのに、戦争《せんそう》や夫《おっと》の死《し》を経《へ》て、いつのまにか料理《りょうり》を生業《なりわい》にしていました。これが運命《うんめい》というものでしょうか。

夫《おっと》が亡《な》くなったときに江上先生《えがみせんせい》に言《い》われました。

「運命《うんめい》に逆《さか》らってはいけません。負《ま》けてもいけません」

逆《さか》らってはいけないというのは「運命《うんめい》を生《い》かす」ということかしらと思《おも》いましたが、負《ま》けてはいけませんというのは意味《いみ》がわかりませんでした。もともと、わたしはたいそうのんき者《もの》なので、勝《か》ち負《ま》けには興味《きょうみ》がないのです。ただ、今《いま》できることを一生懸命《いっしょうけんめい》やってさえいれば、きっと道《みち》は開《ひら》けると信《しん》じていました。

全財産《ぜんざいさん》かけてヨーロッパへ

江上先生《えがみせんせい》についてヨーロッパに行《い》くことになったのは、息子《むすこ》たちが中学生《ちゅうがくせい》になるころでした。食《しょく》の勉強《べんきょう》をしながらヨーロッパとアフリカを回《まわ》るという、4〜5ケ月《げつ》にわたる夢《ゆめ》のような視察旅行《しさつりょこう》です。そのころは1ドルが360円《えん》という時代《じだい》。今《いま》の3倍《ばい》くらいのお金《かね》がかかります。もちろんわたしの稼《かせ》ぎだけではとうてい無理《むり》な旅費《りょひ》ですが、こんなチャンスを逃《のが》すわけにはいきません。江上《えがみ》先生《せんせい》に「タミさんは、視察旅行《しさつりょこう》どうしますか？」と聞《き》かれ、その場《ば》で「行《い》きます！」とすかさず答《こた》えました。冷静《れいせい》に生活《せいかつ》のことを考《かんが》えたら行《い》けるわけがありませんでしたが、わたしは後先《あとさき》を考《かんが》えないのんき者《もの》なのです。料理教室《りょうりきょうしつ》の仕《し》事《ごと》で少《すこ》しだけ貯《た》めていた貯金《ちょきん》に加《くわ》えて、足《た》りない分《ぶん》は兄《あに》に頭《あたま》をさげてお金《かね》を借《か》りました。ありがたいことに両親《りょうしん》やきょうだいが応援《おうえん》してくれて、息子《むすこ》たちも

「お母《かあ》さん、行《い》ったらいいやない」と背中《せなか》を押《お》してくれました。

視察旅行《しさつりょこう》で最初《さいしょ》におとずれた国《くに》はフィンランドです。それからイギリス、フランスへ。フランスを起点《きてん》に行《い》けるヨーロッパの都市《とし》はほとんど回《まわ》りました。当時《とうじ》、江上先生《えがみせんせい》はすでに日本《にほん》では有名《ゆうめい》な先生《せんせい》でしたから、あらゆる国《くに》に知《し》り合《あ》いがいて、世界《せかい》の国々《くにぐに》で一流《いちりゅう》の料理《りょうり》を習《なら》うことができたのです。

アフリカ大陸《たいりく》は内乱《ないらん》などで行《い》けない国《くに》がたくさんありましたが、モロッコ、エジプト、ナイジェリア、エチオピア、ケニア、南《みなみ》アフリカ共和国《きょうわこく》にも足《あし》をのばしました。コンゴは飛行機《ひこうき》で降《お》り立《た》ちはしましたが、危《あぶ》なくて外《そと》には出《で》られませんでした。

この視察旅行《しさつりょこう》は見《み》るものすべてが興味深《きょうみぶか》いことばかりでした。たとえば、フランス北部《ほくぶ》のノルマンディー地方《ちほう》ではバターを使《つか》った料理《りょうり》がいろいろありました。野菜《やさい》が豊富《ほうふ》に採《と》れる土地《とち》ではなく、牛《うし》の放牧《ほうぼく》をして暮《く》らす人《ひと》が多《おお》いため、牛《うし》から採《と》れる牛乳《ぎゅうにゅう》やバターを使《つか》う料理《りょうり》が多《おお》いのです。フランス料理《りょうり》にバターを使《つか》ったメニューが多《おお》いのは、ノルマンディー地方《ちほう》のバターを使《つか》っているからなんですね。
イタリアのような暖《あたた》かい国《くに》では、オリーブの木《き》がよく育《そだ》つからオリーブオイルを使《つか》った料理《りょうり》が伝統料理《でんとうりょうり》になります。その国《くに》の気候《きこう》で採《と》れる食材《しょくざい》や調味料《ちょうみりょう》を使《つか》い、工夫《くふう》して、上手《じょうず》においしい料理《りょうり》をこしらえているのです。夢中《むちゅう》で食《た》べたメニューを書《か》き留《と》めて、写真《しゃしん》を撮《と》り、料理《りょうり》をスケッチしました。つくり方《かた》を習《なら》ったときは一言《ひとこと》ももらさないように耳《みみ》をそばだてました。

海外《かいがい》を旅《たび》して思《おも》ったのは、昔《むかし》の人《ひと》たちは、自分《じぶん》の暮《く》らす国《くに》の気候《きこう》と文化《ぶんか》と歴《れき》史《し》の中《なか》で、どんなときもしっかり食《た》べて力強《ちからづよ》く生《い》きぬく知恵《ちえ》をみがいているのだなあということ。日本《にほん》で暮《く》らすわたしが、日本《にほん》の気候《きこう》と文化《ぶんか》と歴史《れきし》の中《なか》、日《に》本人《ほんじん》としてしっかり食《た》べて力強《ちからづよ》く生《い》きぬく知恵《ちえ》をどう育《そだ》てていくかを考《かんが》えるいい機会《きかい》となりました。

世界《せかい》を自分《じぶん》の足《あし》で回《まわ》り、自分《じぶん》の目《め》で見《み》てきたからこそ、日本《にほん》の豊《ゆた》かさについて誇《ほこ》りを持《も》てたし、わたしの料理研究家《りょうりけんきゅうか》としての土台《どだい》になって、このときの視察旅行《しさつりょこう》は「お金《かね》には代《か》えがたい人生《じんせい》の宝物《たからもの》」になりました。使《つか》っても使《つか》っても減《へ》ることのない一生《いっしょう》の財産《ざいさん》です。

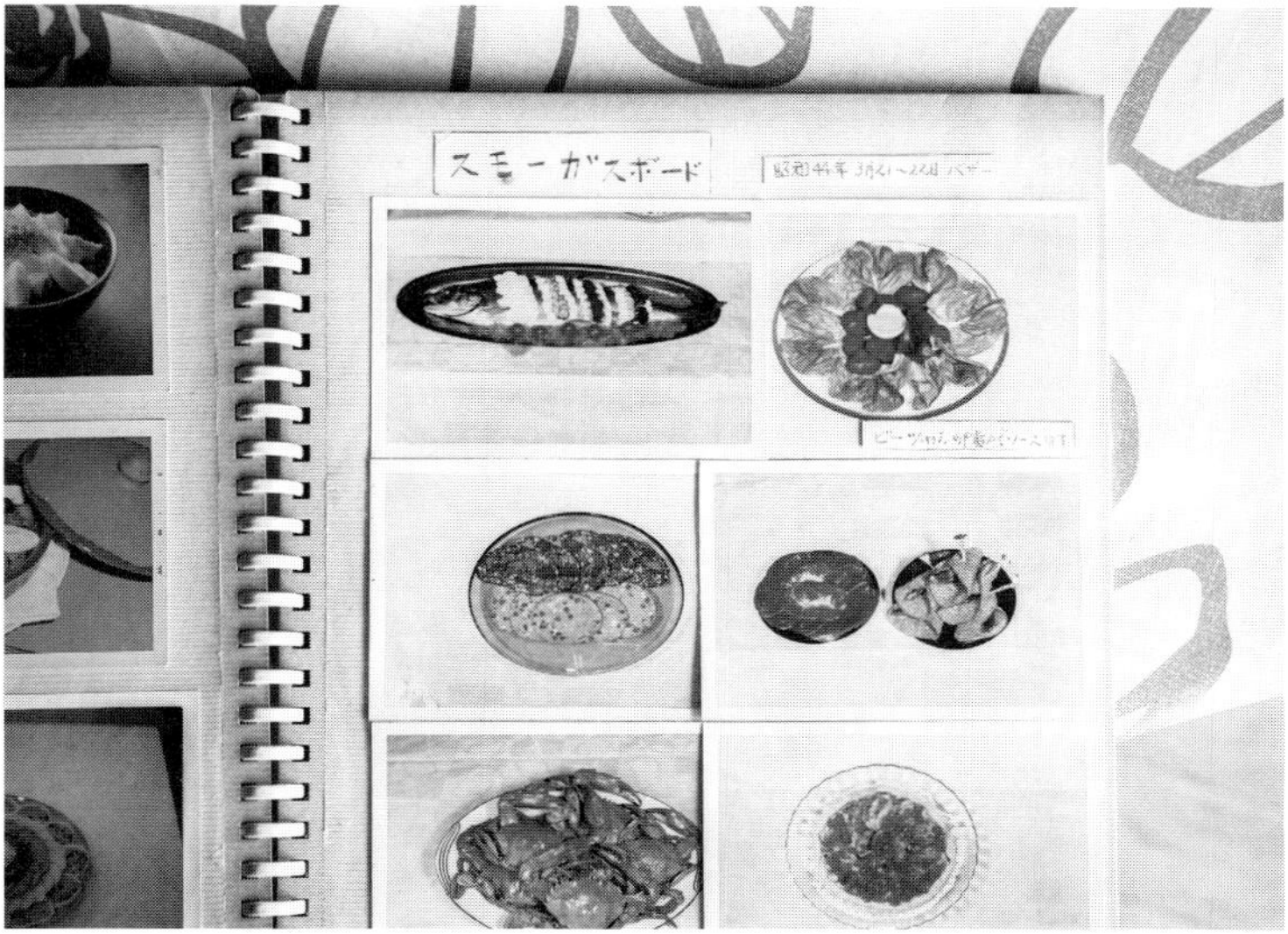

たくさん
海外《かいがい》を旅《たび》して
わかったのは、
世界中《せかいじゅう》の人《ひと》たちの
知恵《ちえ》と
わたしの国《くに》の
すばらしさでした

地元《じもと》のものを食《た》べたい

日本《にほん》でも地方《ちほう》によって特徴的《とくちょうてき》な料理《りょうり》がありますよね。沖縄《おきなわ》では茶色《ちゃいろ》い色味《いろみ》の「きび砂糖《ざとう》」が使《つか》われますが、これは暑《あつ》い地域《ちいき》でからだの熱《ねつ》を冷《さ》ます砂糖《さとう》です。寒《さむ》い北海道《ほっかいどう》でつくられる「甜菜糖《てんさいとう》」は逆《ぎゃく》にからだを温《あたた》める砂糖《さとう》です。それぞれの地域《ちいき》の食材《しょくざい》は、その地域《ちいき》に住《す》む人《ひと》たちのからだの状態《じょうたい》をいい方向《ほうこう》に調節《ちょうせつ》するようにできています。特《とく》に、四季《しき》おりおりの旬《しゅん》の野菜《やさい》や果物《くだもの》にはその地域《ちいき》に住《す》む人《ひと》を元気《げんき》にするための栄養素《えいようそ》がいっぱい含《ふく》まれているのです。

わたしも地元《じもと》・九州《きゅうしゅう》で採《と》れる食材《しょくざい》を買《か》うようにしています。健康面《けんこうめん》を考《かんが》えても理《り》にかなっていますし、近《ちか》くで採《と》れた野菜《やさい》はやっぱり新鮮《しんせん》です。新鮮《しんせん》なものはおいしいだけでなく、栄養価《えいようか》も高《たか》いんですよ。その日《ひ》の朝《あさ》に収穫《しゅうかく》した「朝《あさ》ど

ありがたいのは、
それぞれの地域《ちいき》に
そこに住《す》む人《ひと》たちを
元気《げんき》にする
食《た》べ物《もの》が
あるってこと

れ野菜《やさい》」は、特《とく》にみずみずしくておいしくて大好《だいす》きです。

また、地元産《じもとさん》のものを買《か》えば、食材《しょくざい》を運《はこ》ぶために余分《よぶん》なガソリンを使《つか》わないですみます。たとえば、北海道《ほっかいどう》から福岡《ふくおか》に食材《しょくざい》を送《おく》るには飛行機《ひこうき》やトラックを使《つか》うことになって、たくさんのエネルギーを消費《しょうひ》することになりますよね。地《ち》球《きゅう》のエネルギーには限界《げんかい》があるので、少《すこ》しでも使《つか》わないようにしないといけないのです。

地元《じもと》のものを進《すす》んで食《た》べるということは、健康面《けんこうめん》でも栄養価《えいようか》でも、未来《みらい》のエネルギーのことを考《かんが》えても、とてもよいことなのですよ。

続《つづ》けた先《さき》にみえたもの

視察旅行《しさつりょこう》から帰国後《きこくご》ほどなくして、わたしは実家《じっか》を出《で》て息子《むすこ》2人《ふたり》とともに小《ちい》さな長屋《ながや》に移《うつ》り住《す》みました。大家族《だいかぞく》から一転《いってん》、3人《にん》での生活《せいかつ》です。料理《りょうり》を教《おし》え始《はじ》めた当初《とうしょ》は兄《あに》の病院《びょういん》の一室《いっしつ》を教室《きょうしつ》にしていましたが、実家《じっか》をはなれたのを機《き》に、広《ひろ》いビルに場所《ばしょ》を移《うつ》しました。そこに6台《だい》の作業台《さぎょうだい》を置《お》き、一度《いちど》に多《おお》くの生徒《せいと》が学《まな》べる教室《きょうしつ》にしたのです。「桧山《ひやま》タミ料理学院《りょうりがくいん》」は花嫁修業《はなよめしゅぎょう》の娘《むすめ》さんだけでなく、料理《りょうり》の世界《せかい》を深《ふか》く学《まな》びたい人《ひと》たちを育《そだ》てる学校《がっこう》になりました。また同時《どうじ》に、外部《がいぶ》での講習《こうしゅう》や料理雑誌《りょうりざっし》の仕事《しごと》、テレビ出演《しゅつえん》も引《ひ》き受《う》けることにしたのです。わたしは無我夢中《むがむちゅう》で働《はたら》きました。

料理《りょうり》を作《つく》るのは好《す》きでしたが、料理教室《りょうりきょうしつ》は教《おし》えるだけでなく生徒《せいと》を集《あつ》めなくてはいけませんし、学院《がくいん》の運営《うんえい》には頭《あたま》を悩《なや》ませることがいっぱいありました。また、驚《おどろ》くほどお金《かね》もかかります。毎週《まいしゅう》いくつものレシピを教《おし》えるためにその試作《しさく》に追《お》われて、寝《ね》る間《ま》がないこともしょっちゅうありました。

でも、やはり料理《りょうり》が好《す》きだからでしょうか。台所《だいどころ》に立《た》つのは全《まった》く苦《く》になりませんでした。17歳《さい》から自分《じぶん》が好《す》きで習《なら》い始《はじ》めたことですし、なにより料理《りょうり》は奥《おく》が深《ふか》くて面白《おもしろ》いのです。何十回《なんじっかい》も同《おな》じレシピでつくっているはずなのに、できあがりはいつも少《すこ》しずつちがう。同《おな》じ野菜《やさい》でもひとつひとつ形《かたち》や味《あじ》もちがえば、新鮮《しんせん》かどうか、どんな調味料《ちょうみりょう》を使《つか》うかでもちがってきます。

わたし自身《じしん》の料理《りょうり》との向《む》き合《あ》い方《かた》ひとつで味《あじ》が変《か》わることもわかりました。不思議《ふしぎ》と、気持《きも》ちがふさいでいたらその気持《きも》ちが味《あじ》に出《で》てきますし、ワクワクしてのぞめば味《あじ》がピタリと決《き》まるのです。料理《りょうり》を学《まな》ぶことは単《たん》にレシピ通《どお》りにつくることではなく、味《あじ》の変化《へんか》を自由《じゆう》にとらえることができる自分《じぶん》をつくることなのだ、と思《おも》いました。

知《し》れば知《し》るほど料理《りょうり》は楽《たの》しくなるし、この仕事《しごと》がどんどん好《す》きになります。レシピが手《て》になじみ、体《からだ》にしみこんで、何《なに》も見《み》なくても自分《じぶん》の頭《あたま》の中《なか》で味《あじ》が想《そう》像《ぞう》できるようになっていくのです。そうやってつくった料理《りょうり》を生徒《せいと》さんたちがおいしい、おいしいと食《た》べてくれる。しかも、そのおいしさがそれぞれの家庭《かてい》に広《ひろ》がっていくのですから、こんなにうれしいことはありません。

料理教室《りょうりきょうしつ》をしていると、さまざまな相談《そうだん》を受《う》けることがあります。ある生《せい》徒《と》さんから「自分《じぶん》は今《いま》の仕事《しごと》に向《む》いていないと思《おも》うんです」と相談《そうだん》されました。好《す》きな仕事《しごと》だと思《おも》ったけれどそうでもなかったからと、まだ1年《ねん》も経《た》たないのにやめることにしたというのです。

確《たし》かにわたしは好《す》きなことを仕事《しごと》にできたので、とても運《うん》がよかったのだと思《おも》います。ですが、仕事《しごと》はどんな仕事《しごと》でも厳《きび》しいことがいっぱいあります。仕《し》事《ごと》というのは、目《め》の前《まえ》の問題《もんだい》を乗《の》り越《こ》えて一生懸命《いっしょうけんめい》働《はたら》くうちに、少《すこ》しずつ視《し》界が広がっていくものなのです。そこからが本当に仕事を好きになるタイミングです。その面白《おもしろ》さがわかる前《まえ》にあきらめてしまうのはもったいないなあと思《おも》ってしまいました。

わたしはこれからも料理《りょうり》を生業《なりわい》としていくつもりです。歳《とし》をとって、たくさんの仕事《しごと》をこなさなくてもよくなり、だいぶ楽《らく》にはなりましたが、知《し》りたいことはまだまだいっぱいあります。そして、これからも誰《だれ》かのお役《やく》に立《た》ちたいと願《ねが》っています。

そうこうしているうちに、いつか料理《りょうり》の神様《かみさま》に「よくここまでたどりつきましたね」とほめていただけないかな、と思《おも》っているのです。

お役《やく》に立《た》ちたい。
そう思《おも》うように
なって、
より料理《りょうり》の仕事《しごと》が
好《す》きになりました

どんどん捨《す》てると困《こま》ります

子《こ》どものころ、ある日《ひ》の晩《ばん》ごはんにお刺身《さしみ》が出《で》ました。大好《だいす》きなお刺身《さしみ》にワクワクしながら、手元《てもと》の小皿《こざら》にしょう油《ゆ》を入《い》れます。しょう油《ゆ》さしから思《おも》ったよりもたくさんしょう油《ゆ》が出《で》てしまい小皿《こざら》に入《い》れ過《す》ぎた様子《ようす》を見《み》て、父《ちち》が「夕ミ、しょう油《ゆ》は使《つか》う分《ぶん》だけにしなさい」と、わたしに注意《ちゅうい》しました。そして、「しょう油《ゆ》をどうやってつくっているか知《し》ってるかい？　しょう油《ゆ》は時間《じかん》をかけて手間《てま》をかけてつくっている。だから残《のこ》さないように少《すこ》しずつ入《い》れるのだよ」と言《い》いました。

戦争《せんそう》を経験《けいけん》しているわたしたちは米粒《こめつぶ》1つがどれだけ貴重《きちょう》かを知《し》っています。食《た》べられるだけで幸《しあわ》せなので食《た》べ物《もの》を残《のこ》すことができません。水《みず》だって水道《すいどう》なんてまだなくて、井戸水《いどみず》をつるべで重《おも》たい思《おも》いをしながらくみ上《あ》げていたのを覚《おぼ》えていますから、とても無駄《むだ》にはできません。今《いま》みたいに蛇口《じゃぐち》をひねれば水《みず》が出《で》てくるわけではなかったのです。

わたしは今《いま》も古《ふる》い新聞紙《しんぶんし》や包《つつ》み紙《がみ》、卵《たまご》の殻《から》から野菜《やさい》の皮《かわ》まで、使《つか》えるものは捨《す》てずにとっておきます。古《ふる》い新聞紙《しんぶんし》は揚《あ》げ物《もの》をしたあとに油汚《あぶらよご》れをふくのに使《つか》います。きれいな包装紙《ほうそうし》は何《なに》かをプレゼントするときに。卵《たまご》の殻《から》は鍋《なべ》や水《みず》アカの掃除《そうじ》に使《つか》ったり、ベランダの草花《くさばな》の肥料《ひりょう》にしたり。野菜《やさい》の皮《かわ》だって太陽《たいよう》の光《ひかり》で干《ほ》したら、味《あじ》が濃《こ》くなってもっとおいしくなるから料理《りょうり》に使《つか》います。まだ何《なに》かに使《つか》えるものはゴミではないんです。

日本《にほん》はこんなに狭《せま》くて資源《しげん》が乏《とぼ》しい国《くに》なのに、使《つか》っては捨《す》てるをくり返《かえ》しています。「またすぐに新《あたら》しいのを買《か》えばいいじゃない」と、ものがあふれた国《くに》は「ほしいほしい病《びょう》」でいっぱいです。ものがたくさんありすぎるから、ものを大事《だいじ》にするやり方《かた》を忘《わす》れちゃったのかもしれません。でも、長《なが》く大事《だいじ》にしたくならないものって、ほんとうの意味《いみ》で価値《かち》のあるものなのかなって思《おも》うのです。

断捨離《だんしゃり》だなんだと、こんなに何《なん》でも捨《す》ててしまっていると、そのうち日本《にほん》は困《こま》ったことになってしまうかもしれません。ゴミにするのは簡単《かんたん》だけど、ポイって捨《す》てる前《まえ》に、まだ何《なに》かに使《つか》えないかもう一度《いちど》考《かんが》えて、工夫《くふう》してみるのも楽《たの》しいと思《おも》いませんか？

すぐに捨《す》てるものは買《か》わない。まだ使《つか》えるものはすぐにゴミにしないで工夫《くふう》して使《つか》ってみる。実《じっ》はわたしのこの本《ほん》も、紙《かみ》をたくさん使《つか》っているから、ほんとうはもったいないなと思《おも》っているのです。だから、大切《たいせつ》に読《よ》んでいただけたらとてもうれしいです。

まだ使《つか》えるなら
捨《す》てないわ。
竹《たけ》ザルも鍋《なべ》も
洋服《ようふく》もくつも、
50年《ねん》使《つか》っても
まだ使《つか》えるんだもの

分量《ぶんりょう》のわからないレシピ

わたしの料理教室《りょうりきょうしつ》のレシピには分量《ぶんりょう》が書《か》いてありません。その料理《りょうり》に使《つか》う食材《しょくざい》や調味料《ちょうみりょう》の種類《しゅるい》は書《か》いてありますが、それぞれの細《こま》かい分量《ぶんりょう》、たとえば大《おお》さじ何杯《なんばい》、何《なん》カップかはわざと書《か》いていないんです。不親切《ふしんせつ》ですって？　いいえ、それには理由《りゆう》があります。家《いえ》ごとに使《つか》っている調味料《ちょうみりょう》の種類《しゅるい》や味《あじ》がちがう、ということもありますが、一番《いちばん》の理由《りゆう》は、味《あじ》の加減《かげん》は自分自身《じぶんじしん》の舌《した》で覚《おぼ》えてほしいからです。料理《りょうり》するときに、目《め》で見《み》て、耳《みみ》で聞《き》いて、手《て》で触《さわ》って、においをかいで、味見《あじみ》してみる、人間《にんげん》のもつ五感《ごかん》を使《つか》って、何度《なんど》もくり返《かえ》しつくった料理《りょうり》はからだになじんで決《けっ》して忘《わす》れません。そして、五感《ごかん》で覚《おぼ》えた料理《りょうり》は、自分《じぶん》で応用《おうよう》して自由《じゆう》につくれるようになるんです。

分量《ぶんりょう》だけでなく、火加減《ひかげん》や料理《りょうり》にかかる時間《じかん》も同《おな》じことです。

ある日《ひ》、料理教室《りょうりきょうしつ》で若《わか》い生徒《せいと》さんと餃子《ぎょうざ》を焼《や》いていました。2回焼《かいや》いたのですがどちらも焦《こ》がしてしまったので、わたしは「次《つぎ》は早《はや》めに弱火《よわび》にしたらどう？」と言《い》いました。すると、彼女《かのじょ》は「以前買《いぜんか》った餃子《ぎょうざ》のレシピに強火《つよび》で5分《ふん》焼《や》くと書《か》いてあったんです」と言《い》うではないですか。確《たし》かにそのレシピにはそう書《か》いてあったのだと思《おも》います。でも、コンロの火力《かりょく》は家《いえ》によってちがいますよね。もちろんフライパンだって、つくる量《りょう》だってちがいますから、火加減《ひかげん》はその時々《ときどき》で変《か》えないといけない。でも、「レシピに書《か》いてあることが正解《せいかい》」と信《しん》じている彼女《かのじょ》は、自分《じぶん》の目《め》で見《み》て頭《あたま》で考《かんが》えるということができなくなっているようでした。

あるとき別《べつ》の生徒《せいと》さんは、ごはんを鍋《なべ》で炊《た》いたときに、途中《とちゅう》でタイマーが壊《こわ》れてしまい、「何分火《なんぷんひ》にかけていたか、わからなくなってしまった」と困《こま》っていました。そこでわたしは「ごはんのにおいをかいでみたら？」と言《い》いました。

ごはんは炊《た》き始《はじ》めのにおいと、できあがりそうなときのにおいが全《まった》くちがうからです。火《ひ》を弱《よわ》めるタイミングは湯気《ゆげ》でもわかります。湯気《ゆげ》がフタの縁《ふち》から勢《いきお》いよく出《で》だしたらそろそろ弱火《よわび》の合図《あいず》なんです。

料理《りょうり》は目《め》で見《み》てつくるのはもちろん、耳《みみ》で聞《き》いて、においをかいで、食《た》べてみて、手《て》で触《ふ》れて感《かん》じることがとても大切《たいせつ》です。本《ほん》やインターネットの情報《じょうほう》だけをそのまま信《しん》じるのではなく、自分《じぶん》の五感《ごかん》で確認《かくにん》しながら料理《りょうり》をつくってみるのは楽《たの》しいですよ。

第《だい》3章《しょう》

歳《とし》をとるって楽《たの》しい

大人《おとな》って楽《たの》しい

大人《おとな》は楽《たの》しい。子《こ》ども時代《じだい》もいいけれど、大人《おとな》はとても楽《たの》しいので、わたしは子《こ》どものころに戻《もど》りたいとは思《おも》いません。だって、子《こ》どものころって「あれはダメ、これはダメ」って言《い》われるでしょう。少《すこ》し遠《とお》くに行《い》きたいと思《おも》っても、自転車《じてんしゃ》でさえ危《あぶ》ないから遠《とお》くまで乗《の》っちゃダメと言《い》われたりして。その点《てん》、大人《おとな》は電車《でんしゃ》にもひとりで乗《の》れるし、なんたって車《くるま》の運転《うんてん》ができるでしょ。飛行《ひこう》機《き》に乗《の》ってしまえば世界《せかい》のどこへでも行《い》けますしね。

大人《おとな》は好《す》きなものが食《た》べられます。子《こ》どもは大人《おとな》が用意《ようい》したごはんを食《た》べますが、お母《かあ》さんは毎日《まいにち》自分《じぶん》が献立《こんだて》を決《き》めて料理《りょうり》をつくっています。それに大人《おとな》は仲間《なかま》とおいしいものを食《た》べに出《で》かけることだってできるんです。

小《ちい》さいころ、韓国《かんこく》から留学《りゅうがく》にきていた学生《がくせい》さんにキムチをいただいたことがあります。見《み》るのも食《た》べるのも初《はじ》めてでしたが、一口《ひとくち》食《た》べてすごくおいしくて驚《おどろ》きました。そのころの日本《にほん》にはキムチなんてなかったので、こんなおいしいものが韓国《かんこく》にはたくさんあってうらやましいと思《おも》ったものです。わたしが大人《おとな》だったら、ひとっ飛《と》びでソウルにキムチを買《か》いにいくのになあと思《おも》いました。それから、戦争《せんそう》があってしばらくは行《い》けませんでしたが、大人《おとな》になってから韓《かん》国《こく》に出《で》かけて本場《ほんば》のキムチを買《か》ったとき、大人《おとな》は楽《たの》しいって思《おも》いました。

それから、大人《おとな》は時間割《じかんわり》が決《き》まっていないので、いつでも好《す》きな勉強《べんきょう》ができます。小《ちい》さいころはあんまり好《す》きじゃない勉強《べんきょう》もまんべんなくすることになっていたけれど、大人《おとな》になったら自分《じぶん》の好《す》きな勉強《べんきょう》を優先《ゆうせん》していいんです。

そして、大人《おとな》は自分《じぶん》で好《す》きにお金《かね》の使《つか》い方《かた》を決《き》められます。自分《じぶん》のお金《かね》であれば、誰《だれ》に文句《もんく》を言《い》われることも怒《おこ》られることもありません。行《い》きたい場所《ばしょ》に行《い》き、食《た》べたいものを食《た》べ、したいことができます。お金《かね》と時間《じかん》さえあれば、楽《たの》しいことはいくらでも広《ひろ》がります。でもそのために、大人《おとな》は仕事《しごと》をしてお金《かね》を稼《かせ》がなくてはいけませんけどね。

まだあなたが子《こ》どもなら、大人《おとな》になるのを楽《たの》しみにしておいてください。自《じ》由《ゆう》が広《ひろ》がるのが大人《おとな》。がんばった分《ぶん》だけ結果《けっか》が返《かえ》ってくるのが大人《おとな》です。たとえすぐに結果《けっか》が出《で》なかったと思《おも》っても、がんばった分《ぶん》は必《かなら》ず形《かたち》を変《か》えて戻《もど》ってくるものですから。

笑《わら》って過《す》ごす人生《じんせい》がいい

4〜5ヶ月《げつ》におよぶ視察旅行《しさつりょこう》は見《み》るものすべてが印象的《いんしょうてき》でしたが、その中《なか》でも忘《わす》れられないのがエジプトにある遺跡《いせき》、ピラミッドです。ピラミッドは世《せ》界《かい》で最《もっと》も有名《ゆうめい》な遺跡《いせき》のひとつで、4500年《ねん》も前《まえ》に建《た》てられた石《いし》でできた三角《さんかく》形《けい》の巨大《きょだい》な建造物《けんぞうぶつ》ですが、こんなにも果《は》てしなく広《ひろ》がる砂漠《さばく》の真《ま》ん中《なか》に、どうやって石《いし》を運《はこ》び、積《つ》み重《かさ》ね、こんな巨大《きょだい》なものをつくったのでしょうか。その苦難《くなん》を思《おも》いながら、わたしたちは朝陽《あさひ》を見《み》るためにピラミッドの石段《いしだん》を登《のぼ》り始《はじ》めました。

石段《いしだん》ひとつひとつはとても大《おお》きく、夜明《よあ》け前《まえ》にもかかわらずほんのりと汗《あせ》ばんでいました。しばらく登《のぼ》って、中《なか》ほどで立《た》ち止《ど》まり振《ふ》り返《かえ》ると、地平線《ちへいせん》からわずかな朝《あさ》の光《ひかり》が昇《のぼ》り始《はじ》めていました。真上《まうえ》に目《め》をやると、そこには見《み》たこともない満天《まんてん》の星《ほし》が広《ひろ》がっていたのです。わたしはその幻想的《げんそうてき》な光景《こうけい》に息《いき》をのみ、ふと自分《じぶん》の未来《みらい》の扉《とびら》が開《ひら》けたような気持《きも》ちになったのでした。

「わたしたちの一生《いっしょう》なんて星《ほし》の瞬《また》きくらいの短《みじか》さなんだろうなあ。だから、クヨクヨしていたらもったいない」、そう思《おも》いました。

星《ほし》の輝《かがや》きは何億光年《なんおくこうねん》も前《まえ》に放《はな》たれた光《ひかり》です。ずっとずっと前《まえ》からあの場所《ばしょ》で輝《かがや》き続《つづ》け、地球《ちきゅう》を見守《みまも》っていたのでしょう。そう思《おも》ったら、わたしの人生《じんせい》なんて星《ほし》の瞬《また》きほどもない、一瞬《いっしゅん》のもの。そんな短《みじか》い人生《じんせい》を、クヨクヨと悩《なや》む時間《じかん》に使《つか》うのはもったいない。与《あた》えられた人生《じんせい》を笑《わら》って楽《たの》しく過《す》ごす、そしてその時間《じかん》に感謝《かんしゃ》する。それしかないように感《かん》じました。

導《みちび》かれるようにエジプトまでたどり着《つ》けたことに感謝《かんしゃ》しながら、朝陽《あさひ》に照《て》らされ始《はじ》めたピラミッドをあとにしました。

わたしの一生《いっしょう》は
星《ほし》の瞬《またた》きほど短《みじか》い。
だからクヨクヨする
時間《じかん》はもったいない
と気《き》づいたの

言葉《ことば》はごちそう

「言霊《ことだま》」という言葉《ことば》があります。これは、前向《まえむ》きな言葉《ことば》を使《つか》っていると物事《ものごと》が良《よ》い方向《ほうこう》に進《すす》み、後《うし》ろ向《む》きな言葉《ことば》ばかり使《つか》っていると逆《ぎゃく》に良《よ》くない方向《ほうこう》に向《む》かうという、言葉《ことば》のもつ不思議《ふしぎ》な力《ちから》のことをいいます。植物《しょくぶつ》に声《こえ》をかけながら育《そだ》てるとよく育《そだ》つ、と言《い》いますが、それも言霊《ことだま》の力《ちから》。人《ひと》の人生《じんせい》を変《か》えるような力《ちから》だって持《も》っているのです。

最初《さいしょ》から「どうせ自分《じぶん》にはできないよ」と言《い》う人《ひと》は、そりゃできませんよね。一度《いちど》「できない」と言葉《ことば》に出《だ》して言《い》ってしまうと、できることだってできなくなってしまうんです。「だって」と言《い》いわけから話《はなし》をはじめる人《ひと》は、自分《じぶん》でなくほかの人《ひと》や状況《じょうきょう》のせいにしているので、残念《ざんねん》ながらいい方向《ほうこう》に変《か》わることができません。それより次《つぎ》の努力《どりょく》をしたほうがうまくいくに決《き》まっています。

料理《りょうり》にも言霊《ことだま》があります。言葉《ことば》で味《あじ》が変《か》わるんです。

「おいしくなあれ」と言《い》ってつくった料理《りょうり》はほんとうにおいしくなります。料《りょう》理《り》をする人《ひと》の気持《きも》ち次第《しだい》で味《あじ》が変《か》わる、という話《はなし》を前《まえ》にしましたが、つくった人《ひと》の思《おも》いが料理《りょうり》を通《つう》じて伝《つた》わるのです。だから、わたしはいつも料理《りょうり》に「願《ねが》い」をこめてつくるようにしています。子《こ》どものごはんをつくるときには「人《ひと》の役《やく》に立《た》つ子《こ》になりますように」、大人《おとな》のごはんをつくるときには「元気《げんき》で今日一《きょういち》日《にち》を過《す》ごせますように」と、いつも忘《わす》れずに念《ねん》じています。

そうはいっても、今《いま》のお母《かあ》さんたちは忙《いそが》しくて、ゆっくり料理《りょうり》をつくるのがむずかしい人《ひと》も多《おお》いですよね。ついつい「支度《したく》が大変《たいへん》」「料理《りょうり》はめんどう」なんて、言《い》いたくもない言葉《ことば》が口《くち》から出《で》てしまっていると聞《き》きます。お母《かあ》さんが大変《たいへん》そうなら、子《こ》どもからお母《かあ》さんにいい言霊《ことだま》が宿《やど》るような言葉《ことば》をかけてあげましょう。

「いつも忙《いそが》しいのにありがとう」

「手伝《てつだ》おうか」

お母《かあ》さんはあなたがその言葉《ことば》を言《い》うだけで気持《きも》ちが軽《かる》くなるものなのですよ。言霊《ことだま》ってとても不思議《ふしぎ》で、よい言葉《ことば》をかけることで、自分《じぶん》だけでなく相手《あいて》を幸《しあわ》せな気持《きも》ちに変《か》えていくことができるんです。特《とく》に、感謝《かんしゃ》の言葉《ことば》は効果抜群《こうかばつぐん》です。自分《じぶん》を思《おも》ってくれる家族《かぞく》に、仲良《なかよ》くしてくれるお友達《ともだち》に、声《こえ》に出《だ》して「ありがとう」と伝《つた》えると、自分《じぶん》だけでなく相手《あいて》の心《こころ》も元気《げんき》になる。

プラスの言葉《ことば》を使《つか》う人《ひと》は必《かなら》ず良《よ》い運《うん》が開《ひら》けます。わたしの長《なが》い人生《じんせい》の中《なか》でこれは証明《しょうめい》されています。「ありがとう」と言《い》える人《ひと》には、また「ありがとう」と言《い》いたくなるようなよい出来《でき》ごとがめぐってくるものなのです。

「ありがとう」は
自分《じぶん》の心《こころ》も
相手《あいて》の心《こころ》も
元気《げんき》にします

クヨクヨするなら寝《ね》たほうがマシ

この世《よ》で一番無駄《いちばんむだ》なものはなあに？　わたしは「クヨクヨする時間《じかん》」だと思《おも》っています。クヨクヨして、なんとかなればいいけれど、たいていは気分《きぶん》がさらに落《お》ちこむだけでいいアイデアは浮《う》かんでこないでしょう？　だから「クヨクヨするなら寝《ね》たほうがマシ！」というのがわたしの口《くち》ぐせなんです。

90年以上《ねんいじょう》生きても、人生《じんせい》はあっという間《ま》だと感《かん》じます。人生《じんせい》は悲《かな》しい時間《じかん》より、できるだけ楽《たの》しい時間《じかん》が多《おお》いほうがいいに決《き》まってる。だからわたしは、辛《つら》いことやどうしようもないことが起《お》こったときは、パッと寝《ね》てしまって悩《なや》みごとをいったん忘《わす》れるようにしてきました。「ならんもんはならん」からです。まだ寝《ね》る時間《じかん》じゃないときは本《ほん》を読《よ》んだり、雑巾《ぞうきん》がけをしたり、クヨクヨしなくていい時間《じかん》の使《つか》い方《かた》をするように心《こころ》がけます。悩《なや》みを忘《わす》れている間《あいだ》にお部屋《へや》まできれいになるなんて一石二鳥《いっせきにちょう》ですよね。

どうしても、考《かんが》えて結果《けっか》を出《だ》さなければいけないときは、3日間《かかん》だけ真剣《しんけん》に考《かんが》えます。考《かんが》えてダメなら、いったん頭《あたま》から忘《わす》れます。そのうち、他《ほか》のことをしているときに、どうしたらいいか新《あたら》しいアイデアが突然《とつぜん》浮《う》かんだりするものですから。

「三年寝太郎《さんねんねたろう》」という昔《むかし》ばなしは、寝《ね》てばかりでまわりから馬鹿《ばか》にされていた寝太郎《ねたろう》が、ある日《ひ》むっくり起《お》きたかと思《おも》うと知恵《ちえ》を働《はたら》かせてまわりを動《うご》かし、ついに長者《ちょうじゃ》の家《いえ》のおむこさんになったというお話《はなし》です。偶然《ぐうぜん》うまくいった運《うん》がいい人《ひと》の話《はなし》じゃないんですよ。このお話《はなし》には「少《すこ》し時間《じかん》がかかってもどこかで必《かなら》ず気《き》づきがある」、「自分《じぶん》と対話《たいわ》するためにそれぞれ必要《ひつよう》な時間《じかん》がある」というメッセージがかくれています。人間《にんげん》だってお酒《さけ》や味噌《みそ》のように発酵《はっこう》する時間《じかん》が必要《ひつよう》な時《とき》もあるものです。

最終的《さいしゅうてき》に悩《なや》みを解決《かいけつ》するのはやはり自分自身《じぶんじしん》なので、頭《あたま》の引《ひ》き出《だ》しにないことは浮《う》かびません。だから、普段《ふだん》からいろんな経験《けいけん》やある程度《ていど》の勉強《べんきょう》をしておく必要《ひつよう》があります。すべての経験《けいけん》や学《まな》びは頭《あたま》の中《なか》にバラバラに存在《そんざい》しているのだけれど、それがあるときパズルみたいにつながって「これだ！」ってひらめきになって、ピンチのときに助《たす》けてくれるんです。だから、いろんなことを経験《けいけん》しておくほうがいいんですよ。

たとえいい考《かんが》えが浮《う》かばないときも、後《うし》ろ向《む》きになってはダメ。そんなときはいったん寝《ね》てもいいんです。「きっといいようになる」と信《しん》じて、悩《なや》みと向《む》き合《あ》っていれば、最後《さいご》は必《かなら》ず自分《じぶん》の引《ひ》き出《だ》しから答《こた》えを見《み》つけられるはずです。

わたしも自然《しぜん》の一部《いちぶ》です

毎朝《まいあさ》4時《じ》ごろ起《お》きて、リビングの窓《まど》を開《あ》け、部屋《へや》に風《かぜ》を通《とお》してゆっくり深呼《しんこ》吸《きゅう》。朝陽《あさひ》に向《む》かって「おはようございます。今日《きょう》もよろしくお願《ねが》いします」と手《て》を合《あ》わせて挨拶《あいさつ》をするのがわたしの日課《にっか》です。東《ひがし》の空《そら》から太陽《たいよう》が地球《ちきゅう》を照《て》らし始《はじ》める瞬間《しゅんかん》はとても美《うつく》しい情景《じょうけい》です。お日《ひ》さまの光《ひかり》から元気《げんき》をいただき、新《あたら》しい1日《にち》が始《はじ》まります。

マンションのベランダにはたくさんのプランターを並《なら》べて、草花《くさばな》を育《そだ》てています。風《かぜ》が運《はこ》んできた種《たね》から育《そだ》った草花《くさばな》もそのままにして、土《つち》から芽《め》が伸《の》びて緑《みどり》が育《そだ》っていく様子《ようす》を身近《みぢか》に感《かん》じながら暮《く》らしていくのが好《す》きです。太陽《たいよう》の光《ひかり》を浴《あ》びた植物《しょくぶつ》が出《だ》すきれいな空気《くうき》を吸《す》ってわたしたちは生《い》きています。植物《しょくぶつ》は太陽《たいよう》の光《ひかり》によって光合成《こうごうせい》をくり返《かえ》して豊《ゆた》かに実《みの》ります。その恩恵《おんけい》を人間《にんげん》や動物《どうぶつ》が受《う》けているのです。
昭和《しょうわ》の初《はじ》めは交通機関《こうつうきかん》としてまだ馬車《ばしゃ》が使《つか》われていました。うちの前《まえ》に馬車《ばしゃ》の停留所《ていりゅうじょ》があって、そこで馬《うま》たちはいつもフンをしていました。馬車《ばしゃ》がくるとお母《かあ》さんに、「タミ行《い》っておいで」と言《い》われ、わたしはあわてて表《おもて》の道《みち》に飛《と》び出《だ》していきます。馬《うま》の脚《あし》に蹴《け》られないように気《き》をつけて、馬《うま》のフンを集《あつ》めるのです。フンは野菜《やさい》の肥料《ひりょう》として、家《いえ》の裏《うら》の菜園《さいえん》にまきました。馬《うま》は重《おも》たい人間《にんげん》を運《はこ》んでくれる上《うえ》に野菜《やさい》までおいしくしてくれて、えらいなあと思《おも》っていました。最近《さいきん》は人間《にんげん》だけが特別《とくべつ》な存在《そんざい》だと勘《かん》ちがいしている人《ひと》もいるようですが、わたしも馬《うま》もほかの動物《どうぶつ》もみんな自然《しぜん》の一部《いちぶ》です。

世《よ》の中《なか》がどんなに発達《はったつ》して便利《べんり》になろうと、わたしたち人間《にんげん》が自然《しぜん》の一部《いちぶ》であることに変《か》わりはありません。太陽《たいよう》が昇《のぼ》ったら活動《かつどう》し、太陽《たいよう》が沈《しず》んだら寝《ね》ます。自然《しぜん》が育《そだ》てた植物《しょくぶつ》や生物《せいぶつ》の恵《めぐ》みをいただいてわたしたちは生《い》きています。

人間《にんげん》だけが
特別《とくべつ》ではないの。
鳥《とり》や草花《くさばな》と同《おな》じ。
みんな
自然《しぜん》の一部《いちぶ》です

ほかの動物《どうぶつ》たちと同《おな》じように、わたしたちは青空《あおぞら》や海《うみ》や森《もり》とつながっていることを忘《わす》れないでいたいと思《おも》います。

わたしが80歳《さい》を過《す》ぎたころ、長男《ちょうなん》が大分《おおいた》の山奥《やまおく》にログハウスを建《た》てました。家《いえ》のとなりには無農薬《むのうやく》の野菜《やさい》をつくる畑《はたけ》が広《ひろ》がっています。息子《むすこ》のつくった生命力《せいめいりょく》を感《かん》じる野菜《やさい》をいただき、畑《はたけ》のある一軒家《いっけんや》で太陽《たいよう》と水《みず》を感《かん》じながら時間《じかん》を過《す》ごせるようになりました。今《いま》は、福岡《ふくおか》のマンションと大分《おおいた》のログハウスを行《い》ったり来《き》たりして、緑《みどり》とともに暮《く》らしています。

心《こころ》もからだもいつも元気《げんき》に

わたしは根《ね》っからののんき者《もの》ですから、心《こころ》は割《わり》と丈夫《じょうぶ》です。でも小《ちい》さいころから病弱《びょうじゃく》で学校《がっこう》も休《やす》みがちだったので、食事《しょくじ》や健康《けんこう》には特《とく》に気《き》をつけるようになりました。

たとえば、氷入《こおりい》りの冷《つめ》たい飲《の》み物《もの》は飲《の》みません。飲《の》んだらすぐにお腹《なか》をこわすのです。

エアコンはほとんど入《い》れません。冷房《れいぼう》の中《なか》に長《なが》い時間《じかん》いると関節《かんせつ》が痛《いた》くなるからです。それでも最近《さいきん》、息子《むすこ》から「歳《とし》をとったんだから、熱中症《ねっちゅうしょう》予防《よぼう》で暑《あつ》いときは冷房《れいぼう》を入《い》れるように」と言《い》われ、しぶしぶスイッチを入《い》れています。

食事《しょくじ》や健康《けんこう》にずっと気《き》をつけてきたから、今《いま》もこんなに元気《げんき》なんだと思《おも》います。

からだのためにすぐにできることをいくつか紹介《しょうかい》しましょう。

1、朝《あさ》ごはんをしっかり食《た》べる

朝《あさ》はお腹《なか》がすかないからとごはんを抜《ぬ》く人《ひと》がいますが、それは夜遅《よるおそ》くに寝《ね》て、朝《あさ》ギリギリに起《お》きるから、まだ胃《い》が目覚《めざ》めていないんです。昔《むかし》から「早寝早起《はやねはやお》き病知《やまいし》らず」と言《い》います。早《はや》めに寝《ね》て早《はや》く起《お》きてしっかり朝《あさ》ごはんを食《た》べることで、その日一日《ひいちにち》、からだが元気《げんき》に活動《かつどう》する準備《じゅんび》をしましょう。朝《あさ》ごはんにはぜひお味噌汁《みそしる》をつけてください。お味噌汁《みそしる》には健康《けんこう》なからだに必要《ひつよう》な栄養《えいよう》や発《はっ》酵菌《こうきん》が豊富《ほうふ》です。

2、おやつを食《た》べすぎない

おやつも見直《みなお》してもらいたいことのひとつです。昼間《ひるま》にお菓子《かし》やジュースな

食《た》べることは
体《からだ》だけでなく
心《こころ》もつくるって
ことよ

どの甘《あま》いもの、スナック菓子《がし》などを食《た》べすぎないこと。お砂糖《さとう》の取《と》りすぎは、太《ふと》ったり、虫歯《むしば》になりやすくなったりするだけでなく、気持《きも》ちがイライラする原因《げんいん》にもなるのです。それに、スナック菓子《がし》は想像以上《そうぞういじょう》にたくさんの油《あぶら》を食《た》べることになりますし、それは決《けっ》して健康《けんこう》によい油《あぶら》とは言《い》えません。お菓子《かし》やジュース、スナック菓子《がし》には成長《せいちょう》に必要《ひつよう》な栄養《えいよう》は入《はい》っていないのです。

小腹《こばら》がすいたときには、ナッツや小魚《こざかな》を食《た》べるのがおすすめです。ナッツは集中力《しゅうちゅうりょく》を高《たか》めて頭《あたま》の回転《かいてん》をよくしますし、小魚《こざかな》はカルシウムなど成長《せいちょう》に必要《ひつよう》な栄養《えいよう》がいっぱいです。骨《ほね》も強《つよ》くなり、怪我《けが》をしにくいからだになります。ほかにも、さつまいもやとうもろこしをふかして食《た》べてもいいですし、おにぎりならすぐにエネルギーに変《か》わりお腹《なか》が落《お》ちつきます。おやつを食《た》べるなら、自《じ》分《ぶん》のからだをつくるものをどうぞ。小学生《しょうがくせい》でもおにぎりが自分《じぶん》でにぎれるといいですね。

3、季節《きせつ》のものを食《た》べる

みなさんは野菜《やさい》や果物《くだもの》の季節《きせつ》ってわかりますか？　今《いま》は四季《しき》に関係《かんけい》なく、なんでもスーパーに並《なら》んでいますから、旬《しゅん》がわかりにくいですよね。

暑《あつ》いときには暑《あつ》い場所《ばしょ》でつくられる食《た》べ物《もの》がいい。たとえばゴーヤやトマト、葉物野菜《はものやさい》です。寒《さむ》いときには寒《さむ》い場所《ばしょ》でできるもの、土《つち》の中《なか》でできるごぼう、里芋《さといも》、大根《だいこん》、さつまいもがいい。季節《きせつ》の食《た》べ物《もの》を食《た》べると、からだがしゃんとして元気《げんき》になるしくみになっているのですよ。

生《い》きることは
共同《きょうどう》作業《さぎょう》。
思《おも》いやりは
家族《かぞく》や友達《ともだち》に
伝染《でんせん》します

第《だい》4章《しょう》

「教《おし》えてタミ先生《せんせい》!」

~タミ先生《せんせい》の授業《じゅぎょう》~

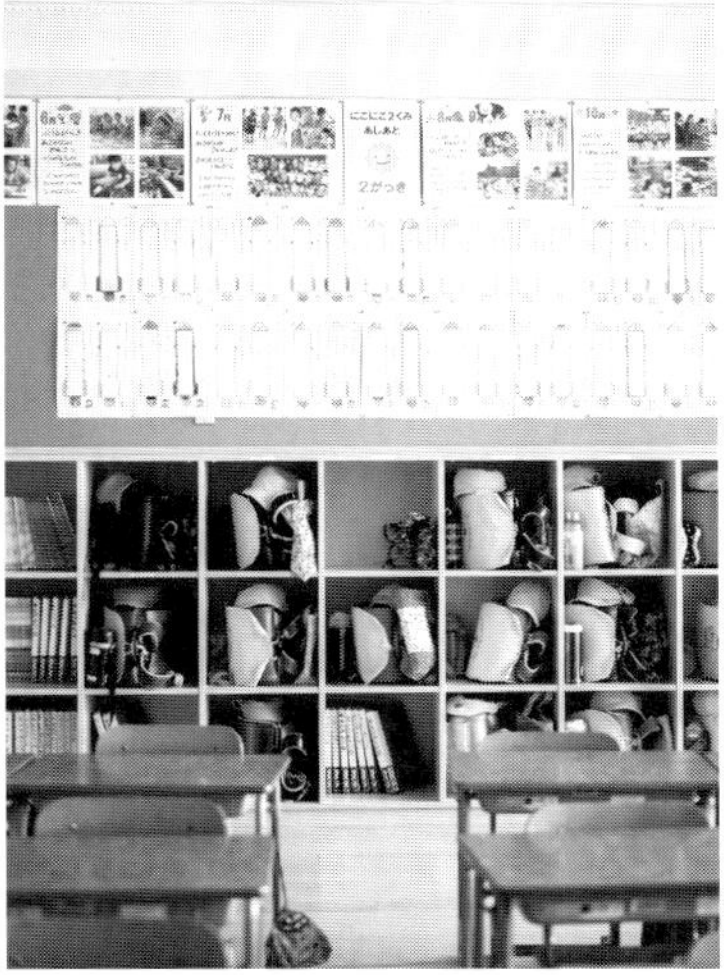

どうしたら料理人《りょうりにん》になれる？

「先生《せんせい》、どうしたら料理人《りょうりにん》になれますか？」ってよく聞《き》かれます。何《なに》になりたいとしても答《こた》えは簡単《かんたん》で、あきらめず思《おも》い続《つづ》けることです。でも、ほんとうに心《こころ》から思《おも》わないといけませんよ。

「クリスマスプレゼントにあれが欲《ほ》しいなあ」というような、そんな思《おも》いでは叶《かな》いません。なんとなく「なりたいなあ」とか「なれたらいいなあ」とかではなく、「なるんだ！」と力強《ちからづよ》く思《おも》わなきゃいけません。そういう気持《きも》ちを持《も》っていれば、必《かなら》ず次《つぎ》にどう行動《こうどう》したらいいのかがわかるんです。思《おも》いが強《つよ》くなればなるほど、いても立《た》ってもいられなくなるものだから。

わたしは料理《りょうり》を好《す》きになってからというもの、毎日料理《まいにちりょうり》をするお母《かあ》さんを手伝《てつだ》うことに決《き》めました。そうすれば、朝昼晩《あさひるばん》と日《ひ》に3回《かい》も料理《りょうり》をつくっている様子《ようす》を見《み》ることができます。いまでも外《そと》で食事《しょくじ》をしたときはお店《みせ》の人《ひと》に「これはどうやってつくるのですか？」と必《かなら》ず聞《き》いてメモを取《と》ります。八百屋《やおや》さんやお肉屋《にくや》さんとはいつも仲良《なかよ》くして、食材《しょくざい》についていろんなことを教《おそ》わります。

以前《いぜん》、わたしが出張《しゅっちょう》になり、何人《なんにん》かのお弟子《でし》さんに教室《きょうしつ》を任《まか》せて出《で》かけたことがありました。そのとき「出張中《しゅっちょうちゅう》になにか自分《じぶん》たちでつくってみたら」と言《い》って、彼女《かのじょ》たちのためにおいしそうなお魚《さかな》を買《か》って冷蔵庫《れいぞうこ》に入《い》れて出《で》かけました。

出張《しゅっちょう》から帰《かえ》ってきて、みんなで何《なに》をつくったのか楽《たの》しみにしていたのですが、「先生《せんせい》に言《い》われたレシピはつくりましたが、お魚《さかな》は使《つか》いませんでした」と言《い》われ、驚《おどろ》きました。材料《ざいりょう》があるのになぜ試《ため》さなかったのか、チャンスがあるのにどうしてやってみようとしなかったのか、わたしは不思議《ふしぎ》でなりませんでした。

なりたいものがあると、いても立《た》ってもいられなくなります。なりたいものがあるっていうのは、自然《しぜん》にからだが動《うご》いて、ついがんばってしまうってことです。そうじゃないのなら、本当《ほんとう》になりたいものにまだ気《き》がついていないのではないかしらね。まだ好《す》きなことが見《み》つかってないのなら、いまは目《め》の前《まえ》のことに一生懸命《いっしょうけんめい》になってみる。そうしているうちに新《あたら》しい道《みち》が開《ひら》けます。

いつか本当《ほんとう》になりたいものが見《み》つかったとき。そのときは、まっすぐ夢《ゆめ》に向《む》かって進《すす》んでください。絶対《ぜったい》になるんだ!と信《しん》じて、うんとがんばるのです。毎日《まいにち》の小《ちい》さなチャレンジが、必《かなら》ずあなたを良《よ》い方向《ほうこう》に導《みちび》いてくれますよ。

夢《ゆめ》をもってね。
夢《ゆめ》をもつと
やさしくなれるのよ

いつまで料理《りょうり》の仕事《しごと》をするの？

「観察《かんさつ》」したことはありますか？　太陽《たいよう》はどっちから昇《のぼ》るのか、朝顔《あさがお》はどう成《せい》長《ちょう》して花《はな》をつけるのか、もしかしたら学校《がっこう》でそんな観察《かんさつ》をしたことがあるかもしれません。学校《がっこう》の勉強《べんきょう》は、基礎《きそ》を学《まな》ぶためのものですから、もちろん大切《たいせつ》ですよね。でも、学校《がっこう》は「先生《せんせい》たちが知《し》っていることを教《おし》えてもらって学《まな》ぶ」という勉強《べんきょう》です。わたしの言《い》う「観察《かんさつ》」は、自分《じぶん》が興味《きょうみ》のあることを注意深《ちゅういぶか》く見《み》続《つづ》け、知《し》ろうとすること。授業《じゅぎょう》で習《なら》うことじゃなくても、自分《じぶん》が気《き》になったことならどんなことでもいいのです。子《こ》どものころ、わたしはお母《かあ》さんが料理《りょうり》をするのを毎日《まいにち》じっと観察《かんさつ》していました。そんなふうに、自分《じぶん》の「知《し》りたい」という好奇心《こうきしん》から何《なに》かを「観察《かんさつ》」することは、実《じっ》はとても大切《たいせつ》な勉強《べんきょう》です。不思《ふし》議《ぎ》と「知《し》りたい」という好奇心《こうきしん》から始《はじ》まった「観察《かんさつ》」は、頭《あたま》に深《ふか》く記憶《きおく》することができて、決《けっ》して忘《わす》れません。そして、実《じっ》は「観察《かんさつ》」したいと思《おも》ったところに、「夢《ゆめ》の種《たね》」は隠《かく》れていたりするんですよ。

たとえば、鉄道《てつどう》や車《くるま》など乗《の》り物《もの》が好《す》きで、電車《でんしゃ》の名前《なまえ》や全国各地《ぜんこくかくち》の駅《えき》の名前《なまえ》を暗記《あんき》している子《こ》がいます。ときには、通過《つうか》した音《おと》だけで電車《でんしゃ》の名前《なまえ》を言《い》い当《あ》てる、なんて子《こ》もいたりしてびっくりしますが、これが「観察《かんさつ》」のたまものなんです。学校《がっこう》のテストの漢字《かんじ》は努力《どりょく》してもなかなか覚《おぼ》えられなくとも、こうやって軽々《かるがる》と記憶《きおく》してしまうことはいっぱいあります。好《す》きだから当然《とうぜん》です。

読書《どくしょ》だってそう。わたしが10歳《さい》のころ、兄《あに》の部屋《へや》からこっそり借《か》りて夢中《むちゅう》になって読《よ》んだ『小学生全集《しょうがくせいぜんしゅう》』の中身《なかみ》は、90歳《さい》を過《す》ぎた今《いま》でもよく覚《おぼ》えています。だけど、学校《がっこう》の国語《こくご》の教科書《きょうかしょ》で読《よ》んだ小説《しょうせつ》は、テストが終《お》わるとすぐ忘《わす》れてしまいました。

先日《せんじつ》、小学生《しょうがくせい》のお友達《ともだち》からこんな質問《しつもん》をされました。

「タミ先生《せんせい》はなぜそんなに歳《とし》をとっても料理《りょうり》を研究《けんきゅう》しているんですか？」

わたしはすかさず「だって、こんな楽《たの》しいこと、やめられないじゃない！」

と答《こた》えました。

好《す》きなことに熱中《ねっちゅう》すると、眠《ねむ》ることや食《た》べることだって忘《わす》れてしまいます。若《わか》いころは料理《りょうり》をつくるのに熱中《ねっちゅう》しすぎて「あら、もうこんな時間《じかん》！」なんてあわてたこともたくさんありました。年齢《ねんれい》だけは重《かさ》ねてきましたが、知《し》りたがりのワクワク精神自体《せいしんじたい》は変《か》わっていないから、こわいことに今《いま》でも全《まった》く歳《とし》をとった気《き》がしないんです。

きっと小学生《しょうがくせい》のころからの市場《いちば》への寄《よ》り道《みち》が、今《いま》もずっと続《つづ》いているのかもしれませんね。

電子《でんし》レンジがなくて不便《ふべん》じゃないの？

わたしは電子《でんし》レンジを持《も》っていません。そう言《い》うと、小学生《しょうがくせい》のお友達《ともだち》から「じゃあ、タミ先生《せんせい》はどうやってごはんを温《あたた》めているの？」と不思議《ふしぎ》がられました。うちでは、セイロでごはんを温《あたた》めるから、電子《でんし》レンジはいらないんです。

セイロって知《し》っていますか？　木製《もくせい》の丸《まる》い枠《わく》の底《そこ》がすのこ状《じょう》になっていて、肉《にく》まんやもち米《ごめ》などを蒸《む》す道具《どうぐ》です。ふたもついていて竹《たけ》かごのような形《かたち》をしています。お湯《ゆ》を沸騰《ふっとう》させた鍋《なべ》の上《うえ》に、ぬらしたさらしを敷《し》いてごはんを入《い》れたセイロを置《お》いて、鍋《なべ》のお湯《ゆ》の蒸気《じょうき》でほんの2〜3分《ぷん》蒸《む》せばできあがり。冷《ひ》えたごはんは、セイロで蒸《む》すと炊《た》きたてと同《おな》じくらいふっくらツヤツヤのおいしいごはんに復活《ふっかつ》します。わたしは食《く》いしんぼうですから、ちょっと手間《てま》がかかってもおいしくなるほうが優先《ゆうせん》なのです。

料理教室《りょうりきょうしつ》では、炊飯器《すいはんき》でなく鍋《なべ》でごはんを炊《た》きます。覚《おぼ》えておけば炊飯器《すいはんき》が壊《こわ》れても、海外《かいがい》で暮《く》らすことになっても、鍋《なべ》さえあればどこででもおいしいごはんが炊《た》けます。

家《いえ》に掃除機《そうじき》はありますが、これもあまり使《つか》いません。もっぱら、ほうきと雑《ぞう》巾《きん》です。毎日《まいにち》、雑巾《ぞうきん》をしぼらなければいけないので、90歳《さい》を過《す》ぎても手《て》の力《ちから》は若《わか》い人《ひと》より強《つよ》いと思《おも》います。歳《とし》をとったから軽《かる》い鍋《なべ》しか持《も》たないという人《ひと》もいますが、わたしの鍋《なべ》はどれも重《おも》たいものばかり。そのほうがおいしくできると知《し》っているので歳《とし》をとっても変《か》えられません。重《おも》たい鍋《なべ》を使《つか》い続《つづ》けていることも90歳《さい》を過《す》ぎて筋力《きんりょく》が弱《よわ》らない理由《りゆう》だと思《おも》っています。

わたしが子《こ》どものころに比《くら》べると、日々《ひび》の生活《せいかつ》は驚《おどろ》くほど便利《べんり》になりました。ですが、その代《か》わり、以前《いぜん》は誰《だれ》でもできていたことが、できなくなっていることが増《ふ》えているような気《き》がします。「時短《じたん》」「楽《らく》チン」もいいけれど、たまにはちょっと時間《じかん》がかかっても手《て》を動《うご》かしてみる。時間《じかん》を短《みじか》くしようとなんでも機《き》械《かい》に頼《たよ》りすぎると、頭《あたま》と手《て》が動《うご》きにくくなっていくような気《き》がするから。手間《てま》がかかってもわたしはそれが不便《ふべん》だとは思《おも》ったことはありません。なれ親《した》しんだことを当《あ》たり前《まえ》にやっているだけ。わたしが今《いま》でもこうやって長《なが》い間《あいだ》元気《げんき》に仕事《しごと》をしていられる理由《りゆう》は、ここにもあるなあと思《おも》っています。

先生《せんせい》は何歳《なんさい》まで生《い》きたい？

この間《あいだ》、小《ちい》さなお友達《ともだち》に「タミ先生《せんせい》はいつまで生《い》きるの？」って聞《き》かれました。そうね、いつまで生《い》きるのかしら。実《じつ》はあまり考《かんが》えたことがありません。神様《かみさま》がどうお考《かんが》えかはわからないけれど、「タミさん、もう来《き》ていいよ」と呼《よ》ばれたら、いつでも行《い》くつもり。

だからといって、その準備《じゅんび》なんてしていません。わたしがいつも神様《かみさま》に喜《よろこ》ばれるような行《おこな》いをしていたら、ちょうどよいタイミングで迎《むか》えに来《き》てくださるだろうと思《おも》っています。

「歳《とし》を重《かさ》ねると死《し》ぬことが怖《こわ》くならないか」とも聞《き》かれますが、何《なん》にも怖《こわ》いことはありません。世《よ》の中《なか》には死《し》ぬよりもっと怖《こわ》いことがいっぱいあると思《おも》いませんか。わたしは死《し》ぬことよりむしろ泥棒《どろぼう》のほうが怖《こわ》い。悪《わる》さをしようとする人間《にんげん》のほうがよほど怖《こわ》いです。

死《し》んだら空《そら》の上《うえ》のどこか楽《たの》しいところに行《い》けると思《おも》っています。どこかって？　朝早《あさはや》く起《お》きて空《そら》を見上《みあ》げてごらんなさい。朝《あさ》の空《そら》はすんでいてとてもきれいです。神様《かみさま》に呼《よ》ばれてあそこに飛《と》んでいけたら素敵《すてき》だなあ、といつも思《おも》うんです。わたしは花《はな》が好《す》きだから、日々《ひび》よいことをしていたら、花《はな》がいっぱいあるところで幸《しあわ》せに息《いき》を引《ひ》き取《と》るように神様《かみさま》が計《はか》らってくださるのではないかとも思《おも》っています。わたしがその日《ひ》を決《き》められるわけじゃありませんから、それまでしっかり良《よ》いことをしないとね。

みんな口《くち》をそろえて「将来《しょうらい》が不安《ふあん》で……」と言《い》います。けれど、将来《しょうらい》っていつまでのこと？　自分《じぶん》が死《し》ぬ前《まえ》にどのくらいの時間《じかん》があるかなんて誰《だれ》もわからないでしょう？　まだ起《お》きてもないことを不安《ふあん》がってもなんの得《とく》もない。心配《しんぱい》ごとなんて丸《まる》めてお団子《だんご》にしてパクッと食《た》べたらいいのよ。あとはグーグー寝《ね》てください。

わたしは子《こ》どものころからそんな感《かん》じだったから、兄《あに》たちから「お前《まえ》は一本《いっぽん》神経《しんけい》が足《た》りん」とよく言《い》われたものです。わたしは「神経《しんけい》が足《た》りようが足《た》りまいが、寝《ね》たいときは寝《ね》るの」と言《い》って布団《ふとん》に入《はい》ります。そう、心配事《しんぱいごと》があったらその日《ひ》は寝《ね》てしまえばいいんです。

世《よ》の中《なか》、すべてなるようにしかなりません。死《し》ぬ日《ひ》までを数《かぞ》えて心配《しんぱい》して生《い》きるより、その日《ひ》まで楽《たの》しんで生《い》きたほうがきっと幸《しあわ》せ。「そんな楽《たの》しいことなんてないよ」と言《い》う人《ひと》がいるかもしれませんが、わたしは毎日《まいにち》、朝陽《あさひ》がきれいに見《み》えただけで幸《しあわ》せになりますよ。

「いくつまで生《い》きるか」という質問《しつもん》の答《こた》えはわかりません。けれど、それまで

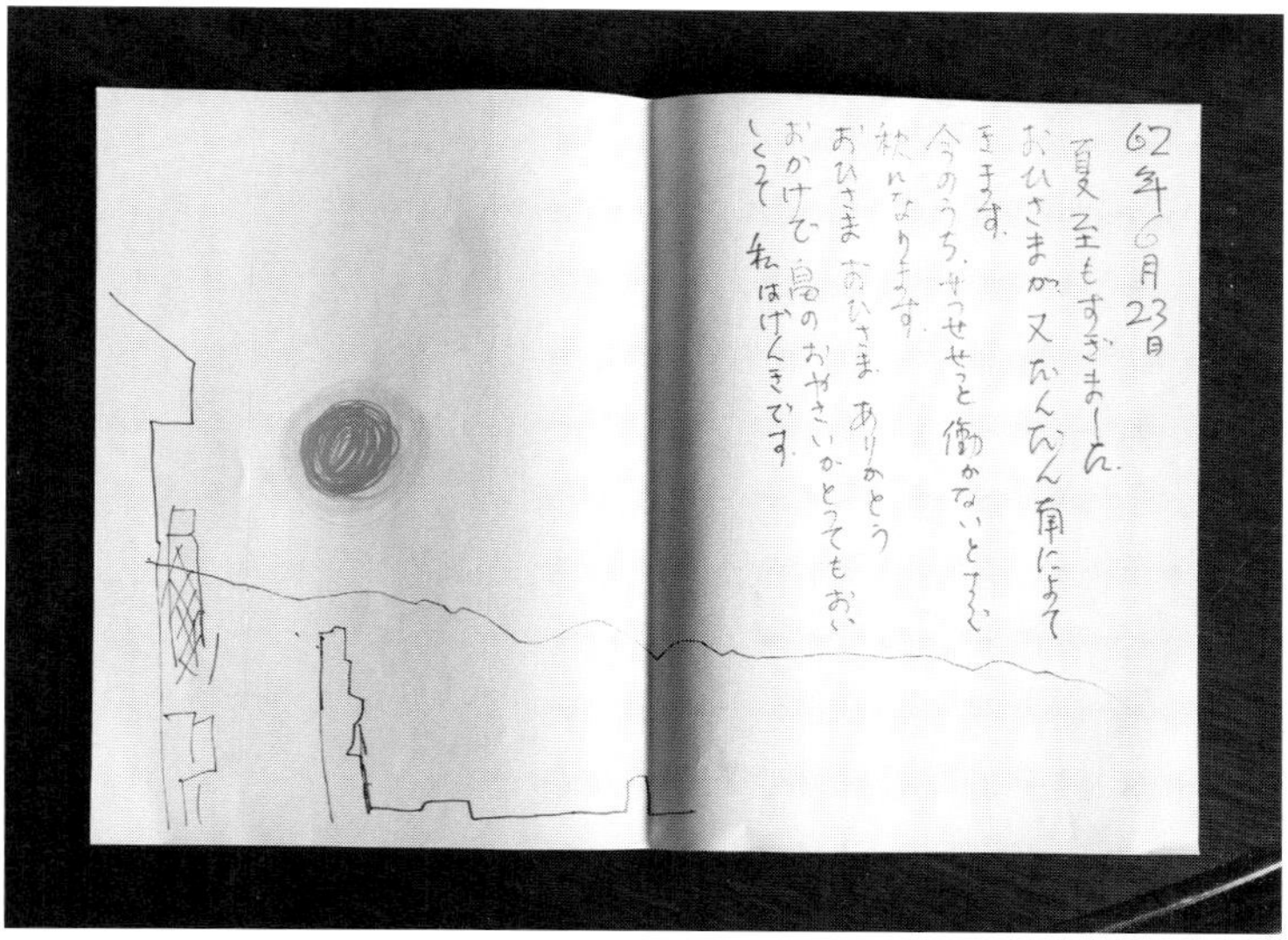

朝《あさ》起《お》きたら
お日《ひ》さまに
「今日《きょう》もありがとう」
とお礼《れい》を言《い》います

は、今《いま》を存分《ぞんぶん》に楽《たの》しんで気《き》ままに生《い》きるつもりです。あの空《そら》の向《む》こうに天国《てんごく》があるかもしれないけれど、わたしはこの世《よ》だって天国《てんごく》だなって思《おも》っています。

また海外《かいがい》に行《い》きたくない？

これからの時代《じだい》は宇宙《うちゅう》に行《い》くのも夢《ゆめ》ではなくなりました。ワクワクしますね。わたしも38歳《さい》のときからこれまで数《かぞ》えきれないほどの国《くに》を旅《たび》しましたが、86歳《さい》のときに韓国《かんこく》を訪《たず》ねてからはしばらく旅《たび》していません。機会《きかい》があれば、また大《だい》好《す》きなフィンランドにもう一度《いちど》行《い》きたいなと思《おも》うこともあります。

考《かんが》えてみたら、わたしが子《こ》どものころは飛行機《ひこうき》さえありませんでした。海外《かいがい》に行《い》けるのは特別《とくべつ》な人《ひと》だけだったんです。わたしが「絵描《えか》きになってパリに行《い》きたい」と夢《ゆめ》を描《えが》いていたのも、自由《じゆう》にいろいろなところへ行《い》ってみたいという憧《あこが》れがあったからかもしれません。

今《いま》は歳《とし》をとって、以前《いぜん》のようには自由《じゆう》に出《で》かけられませんが、旅《たび》に行《い》きたくて仕方《しかた》ないとは思《おも》いません。「タミ先生《せんせい》、また海外《かいがい》に行《い》きたくないですか？」と聞《き》かれたときには「目《め》を閉《と》じたらどこへでも行《い》けるから大丈夫《だいじょうぶ》！」と言《い》っています。遠《とお》くに行《い》かなくても、わたしはどんどん想像《そうぞう》をめぐらせます。広《ひろ》い海《うみ》で魚《さかな》と泳《およ》いだり、森《もり》の中《なか》で小鳥《ことり》たちと遊《あそ》んだり。想像《そうぞう》の世界《せかい》ではどこへでも飛《と》んでいけるし、何《なん》にでもなれるし、何歳《なんさい》にでもなれます。宇宙《うちゅう》にだって行《い》けますよ。わたしの心《こころ》はどこまでも自由《じゆう》なんです。

子《こ》どもがまだ小《ちい》さいころは、お金《かね》もないので早朝《そうちょう》に行《い》く近所《きんじょ》の海辺《うみべ》が唯一《ゆいいつ》の遊《あそ》び場《ば》でした。早朝《そうちょう》の海《うみ》には誰《だれ》もいませんし、うちの庭《にわ》と言《い》い張《は》っても迷惑《めいわく》はかかりません。「この海岸《かいがん》はうちの庭《にわ》やけん、自由《じゆう》に遊《あそ》びんしゃい」と言《い》うと、子《こ》どもたちは楽《たの》しそうにかけ出《だ》しました。旅行《りょこう》には行《い》けなくても、目《め》の前《まえ》には世界《せかい》につながっているきれいな海《うみ》が広《ひろ》がっています。

わたしはとても病弱《びょうじゃく》な子《こ》どもでしたが、病気《びょうき》で長《なが》い間《あいだ》寝《ね》ていたときは病気《びょうき》が治《なお》ったらどこへ行《い》きたい、何《なに》をしたいということをたくさん考《かんが》えました。戦争《せんそう》が起《お》こったときも、口《くち》にこそ出《だ》しませんでしたが、戦争《せんそう》が終《お》わったらまた料理《りょうり》の勉強《べんきょう》がしたいとずっと考《かんが》えていました。

どんな状況《じょうきょう》にあっても、できることとできないことを自分《じぶん》で決《き》めつける必要《ひつよう》はありません。想像《そうぞう》するのはいつだって自由《じゆう》。心《こころ》は常《つね》にわたしのものなのです。

幸《しあわ》せになるにはどうしたらいい？

ある日《ひ》、「先生《せんせい》みたいに幸《しあわ》せになるにはどうしたらいいですか？」と聞《き》かれて、思《おも》わずふき出《だ》してしまいました。わたしってそんなに幸《しあわ》せに見《み》えるのかしら。それはありがたいことです。今日《きょう》もおいしくごはんを食《た》べられたし、料理《りょうり》教室《きょうしつ》に来《き》てくださる生徒《せいと》さんはいい方《かた》ばかりですし、一日一日《いちにちいちにち》を自分《じぶん》らしく一《いっ》生懸命生《しょうけんめいい》きられたら、それでわたしは十分幸《じゅうぶんしあわ》せです。だから、幸《しあわ》せになりたいとか、どうやったら幸《しあわ》せになれるのかとか、あまり考《かんが》えたことがありません。

きっと「幸《しあわ》せになりたい」と思《おも》っている人《ひと》は、いつも自分《じぶん》を誰《だれ》かと比《くら》べているんじゃないかと思《おも》うのです。いつも自分《じぶん》を誰《だれ》かと比《くら》べているから、少《すこ》しでも上《うえ》にいたい、誰《だれ》かに勝《か》ちたい、という気持《きも》ちになるんじゃないでしょうか。そんなの疲《つか》れないかしら、と思《おも》います。人《ひと》と比《くら》べて背伸《せの》びした幸《しあわ》せを望《のぞ》むより、自分《じぶん》は自分《じぶん》のままで幸《しあわ》せであればいい。足《た》りない幸《しあわ》せを望《のぞ》む前《まえ》に、自分《じぶん》がすでに持《も》っている幸《しあわ》せを考《かんが》えてみてください。そこに比較《ひかく》をする他人《たにん》はいません。自分《じぶん》の幸《しあわ》せな時間《じかん》を自分自身《じぶんじしん》で選《えら》んでいくのです。

わたしは料理《りょうり》をしているときがとても幸《しあわ》せです。生徒《せいと》さんから「タミ先生《せんせい》に習《なら》った料理《りょうり》をつくったら家族《かぞく》に喜《よろこ》ばれました」って言《い》われたときも幸《しあわ》せ。子《こ》どもたちがおいしそうにわたしのつくったごはんを食《た》べてくれたら幸《しあわ》せ。育《そだ》てた野菜《やさい》が元気《げんき》に成長《せいちょう》してくれたときもうれしい気持《きも》ちでいっぱいになります。

誰《だれ》かのお役《やく》に立《た》つということは、神様《かみさま》のお役《やく》に立《た》つということ。それを当《あ》たり前《まえ》のように積《つ》み重《かさ》ねて生《い》きることがわたしの幸《しあわ》せです。

幸《しあわ》せは、自分《じぶん》でつくれます。わたしは誰《だれ》かを喜《よろこ》ばせることがなにより幸《しあわ》せだから、今《いま》まで何十年《なんじゅうねん》もおいしいものをつくる勉強《べんきょう》を続《つづ》けてきたんだなって思《おも》うのです。

明日《あす》で世界《せかい》が終《お》わるなら何《なに》をする？

わたしは小《ちい》さいころから毎朝《まいあさ》、神棚《かみだな》と仏様《ほとけさま》に手《て》を合《あ》わせてから学校《がっこう》に行《い》っていました。

「今日《きょう》もがんばります。見守《みまも》っていてください」

いつも近《ちか》くに、神様《かみさま》がいらっしゃると信《しん》じて、毎日《まいにち》を生《い》きています。

「悪《わる》いこともいいことも神様《かみさま》が見《み》てらっしゃる」

どんなにこっそりやっても、必《かなら》ず天《てん》からごらんになっているので神様《かみさま》には隠《かく》し事《ごと》ができません。

神社《じんじゃ》の前《まえ》を通《とお》るときには、どんなに急《いそ》いでいてもお辞儀《じぎ》をします。小《ちい》さなお稲荷《いなり》さんの前《まえ》でも一礼《いちれい》をかかしません。少《すこ》し時間《じかん》があるときは家《いえ》の神棚《かみだな》だけでなく、外《そと》のお稲荷《いなり》さんでも目立《めだ》ったゴミを拾《ひろ》ったりして掃除《そうじ》をすることにしています。

バタバタと神社《じんじゃ》の前《まえ》を素通《すどお》りしたこともあるのですが、「タミ、そんなに急《いそ》いで、わたしのことを忘《わす》れてないか？」と言《い》われている気《き》がして、やっぱり戻《もど》って丁寧《ていねい》にお辞儀《じぎ》するのです。

「今日《きょう》もがんばりますので頭《あたま》をよくしてください」

小学校《しょうがっこう》のときは門《もん》の前《まえ》でお辞儀《じぎ》をしていました。学校《がっこう》には学《まな》びの神様《かみさま》がいるからです。授業《じゅぎょう》が終《お》わって校門《こうもん》を出《で》るときには、「今日《きょう》もありがとうございました」と毎日《まいにち》お礼《れい》を言《い》っていました。

いつもここかしこに神様《かみさま》がいらして、きちんと心《こころ》をこめていたら、よい計《はか》らいをしてくださるのではないかと思《おも》うのです。神様《かみさま》はきれい好《ず》きだとお母《かあ》さんが言《い》っていたから、部屋《へや》もトイレも毎日掃除《まいにちそうじ》をします。汚《よご》しっぱなしだと神様《かみさま》が来《き》てくださらなくなるから、おちおちさぼってはいられないのです。

先日《せんじつ》あるお友達《ともだち》から「明日《あす》で世界《せかい》が終《お》わるなら、今日《きょう》は何《なに》をしますか？」と聞《き》かれました。わたしはすぐに「お片《かた》づけね」と答《こた》えました。神様《かみさま》に喜《よろこ》んでもらおうと、毎日《まいにち》お辞儀《じぎ》をして身《み》の回《まわ》りも整《せい》とんしているのに、最後《さいご》の最後《さいご》で神《かみ》様《さま》にがっかりされたらと思《おも》うと、たまったものではありません。

もしも、わたしが突然《とつぜん》むこうに行《い》くことになって、家《いえ》の片《かた》づけができなかったら、神様《かみさま》にこう言《い》います。

「神様《かみさま》、大丈夫《だいじょうぶ》です。親《しん》せきに片《かた》づけるように頼《たの》んできましたから！」

人生《じんせい》最後《さいご》の日《ひ》は、片《かた》づけをしたいです

今《いま》までで一番《いちばん》おいしかったごはんは？

このごろはレストランで食《た》べるごはんや買《か》ってきたごはんが一番《いちばん》のごちそうだと思《おも》っている人《ひと》が多《おお》いようです。でも、そんなことはありません。ほんとうのごちそうは家《いえ》でつくるごはんなんです。

以前《いぜん》、仕事《しごと》でよくスーパーやレストランの調理場《ちょうりば》を見《み》てまわりました。お店《みせ》で売《う》っているおかずやレストランのごはんはできるだけ安《やす》くつくらないと利益《りえき》が出《で》ないため、まとめて一度《いちど》にたくさんつくります。お店《みせ》やレストランチェーンではたくさんつくったおかずをトラックで運《はこ》んで、お店《みせ》で温《あたた》めなおして出《だ》したりしています。だから、家《いえ》のごはんみたいに新鮮《しんせん》ではありません。できるだけ長《なが》い期間《きかん》、販売《はんばい》できるように、また彩《いろど》りよく見《み》せて買《か》ってもらえるように考《かんが》えてあります。そのために、自然《しぜん》のものでない添加物《てんかぶつ》を入《い》れることも多《おお》いのです。安《やす》くつくり、長《なが》く販売《はんばい》し、おいしそうに見《み》えるように工夫《くふう》してあるのが外《そと》のごはんであり、買《か》うごはんです。

そして、家《いえ》のごはんは買《か》えません。当《あ》たり前《まえ》ですよね、家族《かぞく》のためにつくったごはんは、誰《だれ》がつくったものか、何《なに》が入《はい》っているかがわかるから、安心《あんしん》して食《た》べることができます。

「タミ先生《せんせい》が今《いま》までで一番《いちばん》おいしいと思《おも》ったごはんはなんですか？」という生《せい》徒《と》さんの質問《しつもん》に、わたしは迷《まよ》わず「お母《かあ》さんがつくってくれたごはんは何《なん》でも好《す》きよ」とお答《こた》えしました。

お母《かあ》さんはわたしの好《この》みに合《あ》わせて、甘《あま》く味付《あじつ》けしてくれたり、お塩《しお》をひかえてくれたり、元気《げんき》なときは大盛《おおも》りに、調子《ちょうし》が悪《わる》いときは消化《しょうか》によいものをつくってくれたりと、いつもわたしや家族《かぞく》のことを考《かんが》えてごはんをつくってくれました。

わが家《や》のお祝《いわ》いごとがある日《ひ》のごはんは、いつもちらしずしでした。季節《きせつ》の野菜《やさい》を入《い》れて、ときには旬《しゅん》の魚《さかな》ものせて。家族《かぞく》みんなで食《た》べるお母《かあ》さんのちらしずしはわたしの大好物《だいこうぶつ》。料理教室《りょうりきょうしつ》でわたしも時々《ときどき》ちらしずしをつくりますが、なかなかお母《かあ》さんのようには上手《じょうず》につくれません。なぜお母《かあ》さんのちらしずしはあんなにおいしかったんでしょうね。

最近《さいきん》はみんな忙《いそが》しくしていて、家《いえ》で料理《りょうり》をつくらない人《ひと》も増《ふ》えてきました。外《そと》で買《か》ってくるほうが簡単《かんたん》ですから、それも仕方《しかた》ありません。家《いえ》で手《て》づくりしたほうがからだにいいとはわかっていても、時間《じかん》が足《た》りなくてなかなか手《て》がまわらないのです。でも、お母《かあ》さんたちの本心《ほんしん》は、時間《じかん》さえあれば家族《かぞく》に手《て》づくりしてあげたい、と思《おも》っているはずです。

そこで、お母《かあ》さんのごはんをもっと食《た》べたいと思《おも》っている人《ひと》にいいアイデアがあります。それは名《な》づけて「おいしい大作戦《だいさくせん》」です。お母《かあ》さんがごはんをつくってくれたとき「おいしい！」「また食《た》べたい！」「これ大好《だいす》き！」と言《い》うんです。お母《かあ》さんにとっては、子《こ》どもからおいしい！って言《い》われることがなによりのごちそう。たとえば、おにぎりをつくってくれたら「やっぱりお店《みせ》のおにぎりよりお母《かあ》さんのおにぎりがおいしいね！」と、ちゃんと伝《つた》えます。そうしたら、お母《かあ》さんはまた次《つぎ》もつくってあげたくなるはずですよ。

そしてもうひとつ。お母《かあ》さんのお手伝《てつだ》いをしてください。お母《かあ》さんはとっても忙《いそが》しいけれど、つくった料理《りょうり》をみんなからおいしいって言《い》われて、お手伝《てつだ》いしてもらって時間《じかん》に余裕《よゆう》ができたら、はりきっておいしいごはんをつくってくれると思《おも》います。きょうだいやお父《とう》さんにも協力《きょうりょく》してもらってくださいね。

わたしのお母《かあ》さんはもう50年《ねん》も前《まえ》に亡《な》くなりました。50年《ねん》もたったのに、わたしは今《いま》でもお母《かあ》さんのつくったごはんが食《た》べたくなります。
子《こ》どものころは、毎朝《まいあさ》お味噌汁《みそしる》のにおいに誘《さそ》われて目《め》が覚《さ》めました。お母《かあ》さんはわたしが毎日学校《まいにちがっこう》にもっていくおにぎりをにぎり、玄関《げんかん》で見送《みおく》ってくれました。今思《いまおも》い出《だ》しても、うれしかった気持《きも》ちがよみがえります。わたしもあんなおいしいごはんをつくって、誰《だれ》かを喜《よろこ》ばせてあげたいなと、今《いま》もなお思《おも》っています。

今《いま》、わたしは三度《さんど》の食事《しょくじ》をしばしばマンションに顔《かお》を出《だ》してくれる息子《むすこ》と食《た》べたり、遊《あそ》びに来《き》たお友達《ともだち》と食《た》べたり、ひとりで食《た》べたりしています。子《こ》どものころは大家族《だいかぞく》でにぎやかな食卓《しょくたく》を囲《かこ》んでいましたが、11人《にん》いたきょうだいたちも旅立《たびだ》って、今《いま》は5つ上《うえ》の兄《あに》とわたし以外《いがい》は、もうこの世《よ》にいません。みんなで大皿《おおざら》を囲《かこ》んで食《た》べたあのちらしずしは、兄《あに》たちがいつもわたしの分《ぶん》を取《と》り分《わ》けてくれました。にぎやかな食卓《しょくたく》と、お母《かあ》さんが家族《かぞく》みんなのことを考《かんが》えてつくってくれたごはんの記憶《きおく》は、今《いま》でもわたしの大事《だいじ》な心《こころ》の財産《ざいさん》です。

生《い》き続《つづ》けることは
できなくても
伝《つた》え続《つづ》けることは
できます——

おにぎりの具《ぐ》は何《なに》が好《す》き？

舞鶴小学校《まいづるしょうがっこう》の授業《じゅぎょう》に招《まね》かれたとき、生徒《せいと》さんから「タミ先生《せんせい》は、おにぎりの具《ぐ》は何《なに》が好《す》きですか？」と質問《しつもん》されました。そうね、おかかや昆布《こんぶ》も好《す》きだし、味噌《みそ》のおにぎりも大好《だいす》きなのでとても悩《なや》みますが、結局《けっきょく》「やっぱり梅《うめ》おにぎりが好《す》きです」と答《こた》えました。梅《うめ》おにぎりには、お母《かあ》さんにも秘密《ひみつ》にしていた小学校《しょうがっこう》のころの思《おも》い出《で》があるのです。

小学校《しょうがっこう》のとき、お昼《ひる》は毎日《まいにち》お弁当《べんとう》でした。それもおにぎりとお漬物《つけもの》だけといった簡単《かんたん》なお弁当《べんとう》です。朝《あさ》から薪《まき》で炊《た》いてふんわりにぎってくれたお母《かあ》さんのおにぎりが、わたしは何《なに》よりも大好《だいす》きでした。

あるとき友達《ともだち》から「梅干《うめぼ》しの種《たね》の中《なか》に入《はい》ってる実《み》がおいしいって知《し》ってる？」

と言《い》われました。それはまだ食《た》べたことがありません。食《く》いしんぼうなわたしは興味津々《きょうみしんしん》で、さっそくおにぎりを食《た》べ終《お》わった後《あと》、梅干《うめぼ》しの種《たね》をかんでみました。しかし、梅干《うめぼ》しの種《たね》はおそろしく固《かた》くて歯《は》で割《わ》ることができません。そこでわたしは学校帰《がっこうがえ》りに、近《ちか》くの空《あ》き地《ち》の石《いし》の上《うえ》に種《たね》をおいて、小《ちい》さな石《いし》を使《つか》って種《たね》をたたいて割《わ》ることにしました。何回《なんかい》かたたくと種《たね》が割《わ》れて中《なか》から茶《ちゃ》色《いろ》い実《み》が出《で》てきました。それを食《た》べてみたら、聞《き》いた通《とお》りとってもおいしい！わたしは梅干《うめぼ》しの種《たね》の実《み》食《た》べたさに、翌日《よくじつ》、お母《かあ》さんに「梅《うめ》おにぎりをたくさんにぎってほしいの」と頼《たの》みました。

最初《さいしょ》は3個《こ》、もっともっと食《た》べたくなって、5個《こ》、ついには7個《こ》とお願《ねが》いしました。お母《かあ》さんが「タミがぜんぶ食《た》べるの？」と不思議《ふしぎ》そうなので、「お弁《べん》当《とう》がない友達《ともだち》にあげるの」と言《い》ってごまかしました。もちろんそんな子《こ》はいません。おにぎりはクラスメイトの男《おとこ》の子《こ》に食《た》べてもらい、みんなから食《た》べ終《お》わった梅干《うめぼ》しの種《たね》だけを回収《かいしゅう》してカバンに大事《だいじ》にしまっては、学校《がっこう》の帰《かえ》り道《みち》にせっせと種《たね》の実《み》を食《た》べていたのです。

「お友達《ともだち》のお昼《ひる》ごはんは足《た》りているの？」と心配《しんぱい》する母《はは》に、少《すこ》しの後《うし》ろめたさはあったのですが、ほんとうのことは言《い》えずじまい。お母《かあ》さんは、わたしとわたしの友達《ともだち》を思《おも》って、毎日《まいにち》たくさんの梅《うめ》おにぎりをにぎってくれたんだろうなあと思《おも》うと「嘘《うそ》ついてごめんなさい」っていう気持《きも》ちです。お母《かあ》さんの梅《うめ》おにぎりを、クラスメイトたちはいつも「おいしいおいしい」と喜《よろこ》んで食《た》べてくれました。

わたしのお母《かあ》さんのおにぎりは俵形《たわらがた》でした。おにぎりをにぎる人《ひと》はいつも家《か》族《ぞく》のことを考《かんが》えながらにぎるんですよ。「何個《なんこ》にぎったら足《た》りるかな」「海苔《のり》を巻《ま》いたら食《た》べやすいかな」「熱々《あつあつ》でにぎったほうがおいしいかな」、そんなことを考《かんが》えます。

ある日《ひ》、料理教室《りょうりきょうしつ》の生徒《せいと》さんからこんな話《はなし》を聞《き》きました。生徒《せいと》さんは毎日《まいにち》仕事《しごと》で遅《おそ》いため、一人《ひとり》っ子《こ》の小学生《しょうがくせい》の娘《むすめ》さんのおやつにパンやお菓子《かし》を置《お》いて仕事《しごと》に出《で》かけていたそうです。甘《あま》いものばかりでからだによくないと、気《き》にはなっていたそうですが、手《て》づくりのお菓子《かし》をつくるような時間《じかん》はありません。そこでわたしは「おにぎりにしたらどう？　おにぎりならすぐににぎれるでしょ？」と声《こえ》をかけました。

次《つぎ》の日《ひ》からそのお母《かあ》さんは、毎日《まいにち》おにぎりをにぎって「おやつに食《た》べて」と娘《むすめ》さんに伝言《でんごん》を残《のこ》して出《で》かけるようになりました。暑《あつ》い日《ひ》は夕方《ゆうがた》まで悪《わる》くならないように梅干《うめぼ》しを入《い》れたり、具《ぐ》をかえてみたり、おいしいごはんを炊《た》く工夫《くふう》をしたりして、毎日《まいにち》おやつ代《が》わりのおにぎりをにぎったそうです。

そのうち「おいしいおにぎりがあるおうち」ということが知《し》れわたり、仲良《なかよ》しの近所《きんじょ》のお友達《ともだち》がおにぎり目当《めあ》てに学校帰《がっこうがえ》りに遊《あそ》びに来《く》るようになりました。何人《なんにん》ものお友達《ともだち》が遊《あそ》びに来《き》て、お母《かあ》さんがおにぎりを毎日《まいにち》10個《こ》つくっても足《た》りないほどだったそうです。

それから何年《なんねん》か経《た》って、娘《むすめ》さんの小学校《しょうがっこう》の卒業式《そつぎょうしき》が終《お》わったころ、お母《かあ》さんがわたしのところにやってきました。「先生《せんせい》、これ見《み》てください！」、見《み》せてくれたかわいい便《びん》せんには「○○ちゃんのママのおにぎり最高《さいこう》！　とてもおいしかった。いつもありがとう！」とおどるような文字《もじ》で書《か》かれていました。それは近所《きんじょ》の子《こ》どもたちからのおにぎりのお礼《れい》の手紙《てがみ》だったのです。

そんな話《はなし》を聞《き》いて、「思《おも》いが通《つう》じてよかったですね」とわたしがねぎらうと、お母《かあ》さんはぽろぽろと泣《な》いていました。お母《かあ》さんの気持《きも》ちと子《こ》どもたちの素直《すなお》な思《おも》いが伝《つた》わってきて、わたしも温《あたた》かい気持《きも》ちになりました。

そうそう、つい最近《さいきん》、その娘《むすめ》さんの近況《きんきょう》を聞《き》きました。

小学校《しょうがっこう》を卒業《そつぎょう》してから8年《ねん》が経《た》ち、おにぎりを食《た》べて育《そだ》ったその娘《むすめ》さんは大学《だいがく》に進学《しんがく》し、東京《とうきょう》で一人暮《ひとりぐ》らしをしています。先日《せんじつ》、娘《むすめ》さんからお母《かあ》さんの携帯《けいたい》に1枚《まい》の写真《しゃしん》が送《おく》られてきました。

「お母《かあ》さん、今日《きょう》、ボーイフレンドにおにぎりつくってあげたよ～」

それはとてもおいしそうな、大《おお》きな梅《うめ》おにぎりの写真《しゃしん》だったそうです。

おいしいおにぎりのつくり方《かた》

おにぎりさえあれば心《こころ》もからだもホッとします。それは、気持《きも》ちを込《こ》めて、ぎゅっとにぎっているから。おにぎりはそんな思《おも》いが食《た》べる人《ひと》の未来《みらい》につながるごはんなのです。さあ、おいしくごはんを炊《た》いて、おにぎりをにぎってみましょう。

土鍋《どなべ》ごはんの炊《た》き方《かた》

用意《ようい》するもの：米《こめ》、水《みず》、土鍋《どなべ》か厚手《あつで》の鍋《なべ》
・米《こめ》1～2カップの少量《しょうりょう》から炊《た》けます
・水《みず》は米《こめ》と同《おな》じ量《りょう》～1・2倍《ばい》が目安《めやす》です
（新米《しんまい》は水《みず》が少《すく》なめ、古米《こまい》は多《おお》めに入《い》れる）
・米《こめ》1カップ（180㎖）で茶《ちゃ》わん約《やく》3杯分《ばいぶん》です

① 炊《た》く前《まえ》にお米《こめ》を洗《あら》う。ボウルにお米《こめ》を入《い》れて、さっと水《みず》を入《い》れたら、最初《さいしょ》はひとまぜしてすぐに水《みず》を捨《す》てる。次《つぎ》にまた水《みず》を入《い》れて、指《ゆび》と手《て》のひらをつかってシャッシャッとやさしく洗《あら》ったら（写真《しゃしん》a）、白《しろ》くなった水《みず》を捨《す》てる（米《こめ》についたヌカをとる）。これを3～4回《かい》くり返《かえ》したら30分水《ぶんみず》に浸《つ》ける。冬《ふゆ》は長《なが》めに（急《いそ》いでいても10分以上《ぶんいじょう》は浸《つ》ける）。ザルにあげてよく水《みず》を切《き》る（b）。

② 鍋《なべ》に水気《みずけ》を切《き》った米《こめ》と水《みず》（お米《こめ》と同《おな》じ量《りょう》～1・2倍《ばい》くらい）を入《い》れる（c）。
鍋《なべ》にふたをして中《ちゅう》～強火《つよび》にかける。

a

b

c

③ 湯気《ゆげ》が勢《いきお》いよく上《あ》がって沸騰《ふっとう》したら（d）、少《すこ》し火《ひ》を弱《よわ》くして10～15分《ふん》ほど炊《た》く（e、炊《た》く時間《じかん》は鍋《なべ》の種類《しゅるい》や米《こめ》の量《りょう》で変《か》わるので様子《ようす》を見《み》ながら）。

※慣《な》れるまでは途中《とちゅう》でふたを開《あ》けて鍋《なべ》の中《なか》を見《み》てみて。水気《みずけ》がなくなったら、火《ひ》を止《と》める。水分《すいぶん》の飛《と》ぶ音《おと》が「パチパチ」と乾《かわ》いた音《おと》に変《か》わるのがポイント。水気《みずけ》がなくなるとお米《こめ》の表面《ひょうめん》に「カニ穴《あな》」（f）がぽこぽこできる。

④ 火《ひ》を止《と》める前《まえ》にふたをしたまま少《すこ》し強火《つよび》にして、鍋《なべ》の底《そこ》に残《のこ》った水分《すいぶん》を飛《と》ばす。少《すこ》し長《なが》めに強火《つよび》にするとおこげができる。

⑤ そのまま10～15分《ふん》蒸《む》らす。できあがったら、しゃもじをさっくり入《い》れてほぐす（g）。

※炊《た》きたてのごはんをおひつに入《い》れると、いらない水分《すいぶん》がとれて、冷《ひ》やごはんになってもおいしい。おにぎりのときはおひつに入《い》れずにそのままにぎる。

g

d

e

f

おにぎりのつくり方《かた》

用意《ようい》するもの：炊《た》きたてのごはん、茶《ちゃ》わん2つ、水《みず》、塩《しお》

① 炊《た》きたてのごはんを茶《ちゃ》わんに軽《かる》く盛《も》る（a）。

② もうひとつの茶《ちゃ》わんでふたをして（b）、茶《ちゃ》わんの上《じょう》下《げ》を持《も》ち、気《き》をつけながら、マラカスのように軽《かる》く振《ふ》る（c）。茶《ちゃ》わんの中《なか》で熱々《あつあつ》のごはんがふんわり丸《まる》くなってにぎりやすくなる。

③ 手《て》を小皿《こざら》に入《い》れた水《みず》でしめらせて、塩《しお》を3本《ぼん》の指《ゆび》でひとつまみ取《と》って、手《て》のひらにつける。

a

b

c

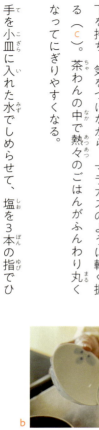

※手《て》に水《みず》をつけ過《す》ぎると傷《いた》みやすくなるので、注意《ちゅうい》して。

④ ふたにした茶《ちゃ》わんをはずして、丸《まる》くなったごはんを下《した》の手《て》にのせる（d）。

⑤ 上《うえ》の手《て》で三角形《さんかくけい》をつくり（e）、手《て》の中《なか》でくるくるっと回《まわ》しながら、形《かたち》を整《ととの》える（f）。「おいしくな～れ」、と食《た》べる人《ひと》のことを思《おも》って願《ねが》いをこめて。

⑥ 中《なか》がふんわりしたおにぎりのできあがり（g）。お好《この》みで熱《あつ》いうちに海苔《のり》を巻《ま》いて。

できあがり

d

e

f

g

双子《ふたご》のももちゃんとななちゃん、由仁《ゆめ》くん、克始《かつし》くんの小学生《しょうがくせい》４人組《にんぐみ》がタミ先生《せんせい》のところに遊《あそ》びに来《き》ました。みんなで茶《ちゃ》わんをフリフリして、おいしいおにぎりがたくさんできました！

巻きす

また
いつでも
おいで!

企画・構成：田中文（Kitchen Paradise
https://www.kitchenparadise.com/）
撮影：繁延あづさ
装丁：大久保明子
DTP 制作：エヴリ・シンク

写真協力：西部ガス株式会社（http://www.saibugas.co.jp/）、「天然生活」編集部
Special thanks：桧山タミ料理塾、
檜山直樹、弓削香理、山田桃、
福岡市立舞鶴小学校、ももさん、ななさん、
由仁くん、克始くん

みらいおにぎり

2019年11月25日　第1刷発行

著　者……桧山《ひやま》タミ
発行者……鳥山靖
発行所……株式会社 文藝春秋
〒102-8008　東京都千代田区紀尾井町3-23
☎03-3265-1211
印刷……大日本印刷
製本……大口製本

ISBN978-4-16-391137-3
Printed in Japan